乱愛指南
姫割り役・美女絵巻

鳴海　丈

コスミック・時代文庫

この作品は二〇一四年に刊行された「姫割り役・御崎源三郎」（学研M文庫）を改題し、加筆修正の上、書下ろし一篇を加えたものです。

目次

第一章　処女を割る者

一

「先生。うちの娘の姫割《ひめわ》りを、お願いしてえんですが」

お光《みつ》の両親が一升徳利《いっしょうどつくり》を提《さ》げて頼みに来たのは、観音寺《かんのんじ》の馬祭の翌日——つまり、陰暦の二月十六日であった。そろそろ、気の早い燕《つばめ》もやって来るという季節だ。

「わかった。明日、お光を連れて来なさい」

御崎源三郎《みさきげんざぶろう》は、静かな口調で言った。

この時代の言葉で、男を識《し》らない処女を生娘《きむすめ》という。姫割りとは、生娘が男に抱かれて一人前の女になることである。

つまり、破華《はか》の儀式だ。新鉢《あらばち》割りともいう。

十一代将軍・家斉《いえなり》の治世――男性は、武家も庶民も十五歳前後で成人した。女性は、これよりも一、二歳、早かった。

幕府公認の売春施設である吉原遊廓の遊女は、大体、十四歳から客をとった。私娼《ししょう》である宿場の飯盛女《めしもりおんな》を題材にした加賀の『なんだい節』でも、「七つの歳に身を売られ　十四の春から勤めをすれど　未《いま》だうけだす人もない」と歌われている。

女人は原則として、十二歳までが〈少女〉で、十三から十八までが〈娘〉、十九以上は〈女〉である。

二十代半ばで、気の毒にも〈年増《としま》〉と呼ばれてしまうのだ。

庶民の娘は十代半ばで嫁に行くのが普通だから、十八歳で子供の一人や二人いても、おかしくない。

さらに、田舎では夜這《よば》いの風習があり、年頃の娘は結婚前から男性経験があることが普通であった。

しかし、当然のことながら、全ての娘たちが性に対して積極的なわけではない。中には、奥手であったり、相手の男の不手際によって初体験に失敗した者もいる。

そういう生娘に対して、優しく性の手解《てほど》きをする男性が、〈姫割り役〉なのであった。

特に嫁入り直前の娘には、初夜の不安を解消してやる必要がある。

女性は、最初の一歩で躓《つまず》くと、生涯にわたって性生活に影響することがあるからだ。

言いかえると、姫割り役は、性交への怖れを取り除き正しい夜の営みを教える〈閨業《ねやわざ》指南〉なのであった。

さらに、姫割りした娘たちが嫁ぎ先で問題があったりすると、その相談に乗ってやるなど、親代わり的な役目も果たした。

ただし、姫割り役が娘たちを抱くのは破華の時だけで、その後は肉体関係を持たない。それが不文律であった。

娘たちが嫁いでからも関係を持ったら、ただの間男《まおとこ》になってしまうからだ。

民俗学者である大間知篤三《おおまちとくぞう》の『婚姻の民俗学』によれば、昭和初期に四国のある地方で聞き取り調査をしたところ、昔の思い出話として「娘が十四、五になると……親が心配のあまり酒を買って来て、女にしてもらうことを依頼したという話もある。……その役割を果たす人が、村人の間にきまるともなくきまっていた」という。

つまり、江戸時代のみならず明治時代の末期まで、地方によっては、このような風習が残っていたのである。

川越藩十五万石――武蔵国入間郡《いるまごおり》川越領の大滝村に住む浪人・御崎源三郎は、この地の姫割り役なのであった。

ちなみに、応仁の乱の十年前、守護大名・上杉持朝《もちとも》の命により河越城――川越城を築城したのは太田道真《どうしん》・道灌《どうかん》の父子だ。

その太田道灌の子孫のお梶《かじ》の方《かた》は、徳川家康の側室になっている。

当時、家康は四十九歳、お梶の方は十三歳であった。それから十七年後に、お梶の方は市姫《いちひめ》を出産している。

この市姫は生まれる前から、伊達政宗の子・忠宗《ただむね》と婚約していたが、わずか四歳で亡くなった。

また、家康の孫娘である珠姫《たまひめ》は、加賀藩の次期藩主である九歳の前田利常《としつね》に嫁いだが、この時、三歳であった。

そして、十五歳にして産んだ長女を頭《かしら》として、利常との間に三男五女を儲けている……。

御崎源三郎は、三十五歳。平均寿命が一説には三十代半ばといわれるこの時代では、中年である。

背が高く、痩身《そうしん》に見えるが、武術によって鍛え上げられた肉体には贅肉の欠片《かけら》もない。

面長《おもなが》で鼻梁《びりょう》が高く、整った顔立ちである。

だが、口の両端が窪んで笑みを浮かべたようになっていて、端正な容貌に親しみやすさを付け加えていた。

月代《さかやき》は剃らずに総髪にして後ろへ流し、項《うなじ》の辺りで括《くく》って背中に垂らしていた。

彼が大滝村に住むことになったのは、三年前――名主の津田次郎兵衛《じろべえ》の窮地を救ったからである。

五十前の次郎兵衛は、妻のお仙《せん》、一人娘で十六歳のお新、それに手代の利助《りすけ》の四人で伊勢参りをした。

まず、川越街道を下って江戸へ出てから、東海道を通って伊勢大神宮へ詣でたのである。

帰途は中仙道《なかせんどう》廻りにした次郎兵衛一行が、上野国《こうずけのくに》の松井田宿を過ぎて逢坂《おうさか》を下った時のことだ。

松の根方にしゃがみこんでいた三人組の渡世人に、「俺たちを見て、馬鹿にしたように薄笑いを浮かべやがった」と因縁をつけられてしまった。

渡世人といっても、一家を構えて定住しているような者ではない。行方定めぬ流浪の旅を続けている、無宿人だった。

雑巾《ぞうきん》と変わりないほど汚れきった縞《しま》の合羽《かっぱ》を羽織《はお》った、山賊同然の連中である。

その渡世人たちは、次郎兵衛一行を無理矢理に竹藪《たけやぶ》の中に引きずりこんだ。

「お金は差し上げます。お願いですから、女房や娘には手出しをしないでください」

そう懇願した次郎兵衛や利助は、殴り倒された。

そして、お仙とお新が三匹の獣物《けだもの》に犯されようとした時、竹藪へ飛びこんで来た者があった。通りすがりの浪人者である。

「何だ、てめえはっ」

「邪魔するなっ」

「ぶち殺せっ」

渡世人たちは口々に吠えたてて、長脇差《ながどす》を抜いた。が、竹が邪魔になって、長脇差を自由に扱えない。

三十過ぎと見える浪人者は、脇差を巧みに振るって、三人の右肩を打ち据えた。強烈な峰打ちで、骨まで砕けたようであった。

さらに、浪人者は、彼らの脳天を一撃する。

渡世人たちが白目を剥《む》いて昏倒すると、浪人者は、次郎兵衛たち四人を竹藪から街道へ連れ出した。

次郎兵衛が篤《あつ》く礼を言おうとすると、「そんなことは、どうでもいい。早く、この場を離れるのだ」と浪人者は遮《さえぎ》った。

そして、通りかかった二丁の空駕籠《からかご》を呼び止めて、お仙とお新を乗せた。

次の安中宿《あんなかしゅく》で次郎兵衛と利助も駕籠に乗せて、浪人者は四丁の駕籠とともに、さらに東へ急いだ。

碓氷《うすい》川《がわ》を人足の肩に乗って渡り、次の駕籠に乗って板鼻《いたはな》宿を通り過ぎて、烏川《からす》を渡ると高崎宿である。

「ここは松平家八万二千石の城下町だから、ひとまず安心だろう」

高崎に着いたところで、ようやく、浪人者は言った。

「本当は国境を越えて武州《ぶしゅう》の本庄《ほんじょう》まで行った方が安心なのだが、これから暗くなるのに無理をしてもよくないからな」

「ご心配なさっているのでございますか」

次郎兵衛が、不思議に思って尋ねると、

「ああいう悪党には、あちこちに仲間が多い。しかも、悪事に失敗すると、自分の顔を潰《つぶ》された——と逆恨《さかうら》みするという度し難い奴らだ。あのまま、下手に安中宿の旅籠《はたご》に泊まったりすると、夜中のうちに仲間を呼び集められて、宿場を出たところで我らは取り囲まれる怖れがあった。だから、ここまで逃げて来たのだよ」

浪人者の説明を聞いて、お仙とお新の母娘も震え上がった。

三人組の渡世人に凌辱《りようじよく》されるのも悪夢だが、もっと多人数に輪姦《りんかん》されるとしたら、悪夢以上の地獄の責め苦であろう。

餓えた野獣のような者どもに襲われて裸に剝かれ、孔《あな》という孔を間断なく犯されて、肉体が襤褸《ぼろ》のようになるまで嬲《なぶ》り尽くされるのである。

しかも、その凶暴な責め苦の後に母娘が生きていたとしても、どこかの女衒《ぜげん》に売り飛ばされるに違いない。

お仙もお新も、あの場に、この浪人者が街道を通りかかった幸運を、神仏に深く感謝せずにはいられなかった。

「悪党どもに囲まれたら、行きがかり上、私も刀を抜かねばならなくなるし、血を見ることになる。あんな奴らでも、私は無駄な殺生《せっしょう》はしたくなかったのでな」

「なるほど」

浪人者の気配りに、次郎兵衛は感心した。

「ご浪人様は、これからどちらへ。やはり、江戸でございますか」

「いや……江戸へは行かぬ」

次郎兵衛の問いに、少し間を置いてから、浪人者は答えた。

心なしか、端正な顔に一瞬、暗い影が過ぎったように見えた。

「そうだな。日光へでも行ってみるか」

「もしも、日光へお急ぎでなければ、ご浪人様。わたくしどもの村へ、お越しいただけませんか」

次郎兵衛が名主を務めるのが、川越の城下町の西にある大滝村と聞くと、浪人者は考える顔つきになる。

「川越か……」

「小《こ》江戸と呼ばれるほど繁盛の地でございますが、江戸からは十一里ほど離れております。静かな美しい村でございますよ」

なぜか、このご浪人様は江戸を忌避《きひ》している——と察した次郎兵衛が、そのように口説いた。

「大したことはできませぬが、しばらく、ご逗留《とうりゅう》くださいまし」

「ご浪人様。そうなさってください、ぜひ」

お仙とお新も、口々に勧めた。

結局、次郎兵衛たちの熱意に折れて、浪人者は大滝村へ行くことを承知した。

「私は——御崎源三郎という。親の代から浪々の身だよ」

浪人者は、そう名乗った。

翌朝、二丁の駕籠に母娘を乗せて、次郎兵衛一行は高崎宿を出立《しゅったつ》した。倉賀野《くらがの》、新町を通り、上野国と武蔵国の境を越えて、本庄を通り抜け、その日は深谷宿泊まりだ。

そして、翌日、次郎兵衛たちは深谷を出て、熊谷、鴻巣《こうのす》、桶川《おけがわ》を過ぎて、上尾《あげお》宿《しゅく》に泊まった。

上尾宿には、珍しい鉄製の常夜燈《じょうやとう》がある。その常夜燈の角から南西へ下る道が、脇街道の川越道だ。

川越までの距離は、三里——約十二キロ。

上尾宿には、飯盛女という名目の遊女がいる。上尾の妓《おんな》は情が深い——と中仙道でも有名であった。

川越領には遊女屋を置くことが許されていないので、領内の若者は、はるばる往復六里の道を上尾宿まで妓を買いに来るという。

次郎兵衛たち五人は夜明けに上尾を出て、巳《み》の上刻《じょうこく》——午前十時前には川越の城下町に着いた。大滝村は、城下町の西にある。

津田家の名主屋敷は、敷地六百坪の立派なものだ。

江戸の旗本でいうなら、千石以上の身分の拝領屋敷と同じくらいの広さである。

名主一家と手代の命の恩人である源三郎は、大いに歓待された。

そして、次郎兵衛の熱心な勧めにより、源三郎は大滝村に定住することになったのだ。

住居は、名主屋敷から半町——五十数メートルほど離れたところにある小さな家である。

それが——三年前の秋のことであった。

二

「では、先生。何分にも、よろしくお願いいたします」

翌日の朝――米吉《よねきち》とお松の夫婦は、何度も頭を下げて帰って行った。

源三郎の家に残されたのは、米吉夫婦の娘のお光である。

「お光は、十八だったな」

源三郎が、尋ねる。黒っぽい筒袖《つつそで》に同色の裁着袴《たつつけばかま》という、寺の下男のような姿であった。

「はい……」

ふっくらとした頬を赤く染めて、お光は目を伏せた。

源三郎と二人きりになって、まともに正面から見つめられるのが、羞《はず》かしいのである。

お光はこれから三日間、この家に滞在して、源三郎に生娘《きむすめ》から〈女〉にしてもらうのだから、無理もない。

自分を抱く男を前にして、どんな顔をしていればよいのか、お光にはわからないのだ。

羞恥《しゅうち》で身を縮める様は、そのまま自然と処女の媚態《びたい》になっている。

野良着姿のお光は、ほどよい肉づきの健康的な肢体《したい》の娘だ。日焼けしているが、可愛い顔立ちをしていた。

切り分けた前髪を額の両側に垂らして、残りの髪を引っつめにし、お団子のようにまとめている。

江戸時代初めに流行《はや》った、束《たば》ね髪と呼ばれる髪型だ。

これだと、島田髷《まげ》などのような町者《まちもの》の髪型と違って髪油を使う必要がないし、農作業の邪魔にもならない。

昨夜、あまり眠れなかったので、お光は、少し目が赤かった。

「初めてのことで不安であろうが、私は決してお前に無理なことはせぬ。気を楽にしなさい」

穏やかな口調で、源三郎は言う。

「わかりました」

安堵したように微笑《ほほえ》んで、お光は頭を下げた。

「私は、出かけて来る。正午《ひる》までには戻るから、家の中の掃除をしておいてくれ。

風呂にも水を入れてな」

そう言った源三郎は、裁着袴の上に帯を締めて、脇差を落とした。

源三郎は外出時には、たとえ半町先の母屋《おもや》へ行く時でさえ、必ず脇差を帯びる。浪人であっても、武士としての嗜《たしな》みとして丸腰にはならないのだろう。

菅笠《すげがさ》を被り、水を入れた竹筒を腰に下げ、籠《かご》を背負って、源三郎は出かけた。

それを見送ったお光は、張り切って家の中の掃除を始めた。

この家の間取りは、座敷が三間、板の間付きの台所、風呂場、後架《こうか》という造りだ。井戸は勝手口の外にある。小さな庭もついていた。

そこは、元は先代の津田家の当主、つまり、次郎兵衛の父親の金兵衛《きんべえ》の隠居所として建てられた家だ。

晩年、ひどく気難しくなった金兵衛は、家族や奉公人のたてる物音が耳障りで我慢できない――と言い出した。

そして、名主屋敷から少し離れた場所に独立した家を建てて、一人で住んだのである。

食事は、屋敷の下男が毎回、届けた。掃除は、一日おきに下女が行った。

しかし、隠居所に移ってから一年も経たないうちに、下男が朝餉《あさげ》を届けに行くと、金兵衛は夜具の中で息絶えていたのである。卒中であった。

物音が耳障りと言いだした時から、金兵衛は体調を崩していたのだろう。

次郎兵衛は、父親を独り暮らしさせたことを非常に後悔した。

そのような経緯《いきさつ》があるので、五年ほどの間、隠居所は空き家のままにしておいた。

ところが、御崎源三郎が大滝村に住むと決めた時に、次郎兵衛に向かって「あの空き家に住まわせてほしい」と頼んだのである。

次郎兵衛は、自分の父親の死んだ建物なので、「御崎様。縁起が悪うございます」と止めて、敷地の中に源三郎のための離れを増築するつもりだ――と言った。

しかし、何と言って説得しても、「あの家が気に入ったので、住まわせてほしい」と言って、源三郎は折れないのである。

結局、次郎兵衛は、城下町から大工を呼んで閉めきったままで傷んでいた隠居所の手入れをさせて、畳も新品に入れ替えたのだった。

食事も、最初のうちは名主屋敷から運んでいたのだが、すぐに源三郎が「自分で支度するから」と言い出したので、今は米や農作物を届けるようになった。掃除も、源三郎は自分でやっている。

さして汚れてもいない家の中を、お光は丁寧に掃除をして、夜具を干した。

(今夜、あたしは、これに先生と一緒に寝るんだ――)

そう思うと、お光は、躯《からだ》全体が熱くなるような気がした。

村の娘の中には、十二、三歳の時から男と寝ている者もいた。それも、自分から村の若者を誘って処女を捨てたという積極的な娘である。

それに対して、奥手のお光は男性経験は全くなく、接吻もしたことがない。女器を指でいじる手淫すら、未経験だ。

しかし、お光も秘密の愉《たの》しみは識《し》っていた。

夜具に横たわっている時、内腿《うちもも》と内腿をきつく締めると、女の部分の奥に、きゅんっ……という妖《あや》しい感覚が走るのである。

今も、お光は「先生……」と呟《つぶや》いて干した夜具に顔を埋め、染みついている男のにおいを胸いっぱいに吸いこんでみた。

そして、太腿を擦り合わせるようにしたら、小さな稲妻のようなものが肉体の最深部を走り抜けた。

「あっ」

思わず、お光は、その場にしゃがみこんでしまいそうになったほどだ。

（先生に抱かれたら、これよりも、もっと……もっと凄いことが起こるのかしら）

女は初体験に苦痛を伴う――というくらいの知識は、お光にもある。

これまで、源三郎に〈女〉にしてもらった娘は、大滝村だけで、七、八人はいる。

彼の評判を聞きつけて、他所《よそ》の村や城下町からも姫割りの依頼があるほどだった。

そして、女にしてもらった娘たちの話によれば、源三郎に閨《ねや》の手解《てほど》きをされると、その苦痛を上まわるほどの歓びが得られるらしい。

「気が遠くなるほど、うっとりするというけど……」

それがどんなものか、想像しただけで、お光の胸は高鳴るのだった。

やがて――城下町の時の鐘が正午を告げる少し前に、源三郎は帰宅した。

籠に入れていたのは、垣通《かきどお》しという野草である。椿《つばき》の葉もあった。

源三郎は、お光と二人で昼餉をとってから、垣通しをよく洗って陰干しにした。

垣通しは、連銭草《れんせんそう》、血止草《ちどめぐさ》、疳取草《かんとりそう》とも呼ばれる薬草だ。

生薬《しょうやく》にした垣通しは、利尿、消炎の効果があり、虚弱体質の改善にも効く。風邪にも効果があるという。花が、子供の疳の薬になる。

「先生。この椿の葉は、どうされるんですか」

「村外れの勘八爺《かんぱちじい》さんが、足の出来物が治らないというのでな。磨《す》り潰《つぶ》して、出来物に塗りつけるのだ。ご苦労だが、後で小屋へ届けてやってくれぬか」

「わかりました」

源三郎は、この村で無為《むい》徒食《としょく》をしているわけではない。彼は、薬草に詳しかった。

三年前――名主屋敷に御崎源三郎が滞在をしてから、数日が過ぎた頃である。

源三郎は、茶飲み話で、次郎兵衛の女房のお仙が冷え性で悩んでいることを知った。

翌日、源三郎は下男から背負い籠を借りると、朝から出かけて、夕方近くに帰って来た。

籠に山と入っていたのは、蓬《よもぎ》であった。

「本当は春先の蓬がよいのだが、秋のものでも効き目はある」

源三郎は、きれいに洗った蓬を木綿《もめん》の袋に大量に詰めこんで、

「この袋を風呂の水に入れてから、沸かしなさい。蓬湯につかれば軀が芯から温

まり、手足の冷えも軽くなって、ぐっすりと眠れるはずだ。陰干しにして、蓬茶も作ってあげよう」

　お仙は驚いて、訊いた。

「先生は、お医者の修業をなさったのですか」

「いや。流れ流れの浪人暮らしが続くと、妙な知恵がつくのだな」

　源三郎は苦笑して見せる。

「途中で鳥兜《とりかぶと》の群れているのを見かけた。明日、根を取って来る」

「御崎先生。鳥兜は怖ろしい毒草と聞きますが」

　脇から、次郎兵衛も言った。

「その通りだよ。蝦夷地《えぞち》では、熊を獲るための矢毒として使われているらしい」

「熊殺しの猛毒ですか」

「だが、塩水につけて陰干しをすると、附子《ぶし》という薬になる。附子ができたら、私がまず服用して様子を見てみるから、大丈夫だ」

「確かに、薬も多すぎると毒になり、毒も少量なら薬になる――と申しますな」

「うむ。とりあえず、ほんの少しだけ附子を舐めてみて、舌先の痺れや頭痛、胸のむかつきがなければ、問題はない。少し舐めた程度なら、たとえ具合が悪くなっても、半日もすればよくなる。これは、私の経験からも言えることだ」

お仙の冷え性は、源三郎の蓬湯と蓬茶、それに附子のおかげで、大いに改善した。

源三郎は、「部屋でごろごろしているのも、退屈だから」と、数日置きに籠を背負って森や川辺や野原を歩きまわり、生薬となる草葉や花や実を採取した。

彼はそうやって作った生薬を、名主屋敷の者だけではなく、村人たちにも惜しげもなく無料で分け与えたのだ。

医者は城下町にしかいないし、村に薬種店があるわけもないから、源三郎の生薬は村人たちから非常に喜ばれ、彼の評判は鰻登《うなぎのぼ》りに上がった。

源三郎が大滝村に来た当初は、

「いくら名主様の命の恩人とはいえ、素性《すじょう》も知れないご浪人が村に住むなんてなあ。わざわざ、揉め事を引っぱりこむようなもんだ」

そんな陰口を叩く連中も、いたのである。

しかし、そんな彼らも、源三郎の生薬をもらうようになると、「御崎先生の悪口を言うと、罰が当たるぞ」などと言い出す始末であった。

それに、源三郎は、どんなに酒を勧められても一晩に一合しか飲まず、酔って乱れた姿なぞ見せない。

威張ったところがなく、村人に対する態度も穏やかである。

しかも、源三郎は上尾宿に妓《おんな》を買いに行くこともなく、村の女や娘たちにも手を出さなかった。

実は、彼に命も貞操も助けられた十六娘のお新が、密かに源三郎に惚れていたのだが、本人がそれに応える素振りを見せなかった。

結局、お新は半年後に、遠縁の者を婿《むこ》にとったのである。

これによって、「あのご浪人は、善人面《づら》をして、名主様の跡取り娘のお新さんを誑《たぶら》かそうとしているんでねえか」という邪推も、雲散霧消《うんさんむしょう》した。

このような信頼が積み重なって、やがて、御崎源三郎を大滝村の〈姫割り役〉としたのである。

三

「お光。背中を流してくれ」

風呂場から、源三郎の声がした。

「は、はい」

お光は、どぎまぎしながら野良着を脱いだ。

夕餉《ゆうげ》も終わった酉《とり》の中刻《ちゆうこく》——午後七時すぎである。

(どうしよう、これは)

下裳《したも》一枚になったお光は迷ったが、結局、それも取り去って全裸になった。

農作業で日焼けしたところと白いままの肌の差が鮮やかで、妙に扇情的《せんじようてき》であった。

乳房は大きめで、乳頭は茱萸色《ぐみいろ》をしている。

逆三角形に生えた恥毛が、花園を飾っていた。亀裂から顔を出している花弁は、紅色であった。

板戸を開いて、お光は、手拭いで下腹部を隠し右腕で乳房を隠して、風呂場へ入る。

湯煙のこもった板の間の風呂場には、小判形の据《す》風呂が置かれ、竹の簀《す》の子《こ》が敷かれていた。風呂の縁《ふち》が高いから、踏み台が置いてある。

風呂場行灯《あんどん》に照らされて、源三郎は、出入り口に背を向け、簀の子に胡座《あぐら》をかいていた。

着痩《きや》せして見えるが、軍馬のように引き締まった頑丈な肉体である。

「では、お流しします」

お光は、源三郎の背後にしゃがみこむと、湯で濡らした手拭いで広く逞《たくま》しい背中を擦《こす》った。

「――先生。あたし、来月から江戸へ行くんです」

黙って背中を流すのが気詰まりなので、お光が言った。

「奉公か」

「はい。不忍池《しのばずのいけ》の近くにある〈桔梗《ききょう》〉って料理茶屋の女中で」

お光には二人の兄がいて、彼女は三人兄妹の末っ子である。

農作業は、米吉夫婦と二人の息子だけで間に合うから、お光には現金を稼いでもらうことにしたのだろう。

物々交換で暮らしていた江戸時代初期と違って、色々な商品が地方まで流通するようになった今、地方の農村でも現金の必要性が増していたのである。

まして、小江戸と呼ばれて、わざわざ遊芸の師匠を江戸から招くほど繁栄している川越の領内では、尚更《なおさら》であった。

「そこは大層、繁盛してる店だから、お客さんの心付《こころづ》けも馬鹿にならないんですって。先生は、江戸へ行く用事はありますか」

「いや……ないな」

源三郎の声が、やや硬くなった。それには気づかずに、

「そうですか」

お光は、がっかりしてしまう。

源三郎が江戸へ出て来れば、二人だけで逢えると、お光は夢想していたのだった。

「はい、流しますよ」

手桶《ておけ》に汲んだ湯を、お光は、源三郎の背中にかけた。

「よし。湯に入るぞ」

立ち上がった源三郎は、湯槽に入った。

ちらりと目の隅で男の象徴を見てしまったお光は、耳朶《みみたぶ》まで真っ赤になる。

源三郎のものは、父親や二人の兄のそれよりも、かなり巨《おお》きかった。

「お光、お前も入りなさい」

「でも……勿体《もったい》なくて」

「お前が苦労して水を運んでくれた風呂だ。遠慮することはない」

「はい……」

お光は後ろ向きになって、手桶の湯で下腹部を浄《きよ》めた。いつもより、丁寧に洗う。

期待と不安が交錯して、心の臓の音が、はっきりと耳の奥に聞こえる。

それから、お光は高く片膝を上げて、湯槽の縁を跨ぐ。対になった紅色の花弁が一瞬、口を開いた。

お光は源三郎に背を向けて、湯に軀《からだ》を沈めた。ざあっ……と湯が溢れる。

湯槽の底に胡座をかいた源三郎の膝の上に乗って、お光は背中を預ける格好になった。

臀《しり》に、柔らかい肉塊が密着している。源三郎の男根であろう。

「お光……」

背後から両腕をまわして、源三郎は、十八娘の胴を抱いた。

「お前の二親《ふたおや》は、江戸で変な男に引っかかりはしないかと心配して、私に姫割りを頼んだようだな」

処女の耳元に囁《ささや》くようにして、源三郎は言う。

「はい……御母《おっか》さんが、男を識《し》らない生娘《きむすめ》のままだと、悪い奴に騙されやすいからって……」

男の息が耳にかかっただけで、お光は、息を弾ませた。

「どれが悪い男で、どれが実のある男か、見分けるのは難しい」

話しながら、源三郎は、お光の耳の後ろを唇で撫でるようにする。

「骨惜《ほねお》しみせず働いていれば、きっと、お前に目をかけてくれる年嵩《としかさ》の女中がいるはずだ。そういう女中と親しくなれば、男に言い寄られた時にも、相談に乗ってくれるだろう」

唇で愛撫をしながら奉公の新参者の心得を説く、源三郎であった。

「わかりました、覚えておきます」

そういうお光の声は、興奮のあまり、掠《かす》れていた。胸が苦しくなる。

それを察したのか、

「よし。では、私は先に上がる」

源三郎は立ち上がった。

「お前は、ゆっくり入っていなさい」

湯槽から出た源三郎は、固く絞った手拭いで軀をふくと、風呂場を出て行った。

「……」

お光は、熱い吐息を洩らした。

源三郎は、彼女の乳房をつかんだわけでも、女器を弄《もてあそ》んだわけでもない。

裸で背後から抱きかかえて、耳の後ろを唇で軽く愛撫しただけである。

それなのに、お光は、陶然《とうぜん》となってしまったのであった。

（やっぱり、先生に姫割りをお願いしてよかった……）

この先にどのような桃源郷が待っているかと思うと、不安よりも期待の方が膨らんで行く、お光であった。

第二章　目覚める

一

翌朝――お光《みつ》が目を覚ますと、御崎源三郎《みさきげんざぶろう》の姿は寝床の中になかった。

昨夜は結局、肌襦袢《はだじゅばん》姿で源三郎と同衾《どうきん》し、そのまま何事もなく、眠りこんだのである。

障子に陽光が差しているのは、雨戸が開いているからだ。

肌襦袢姿のお光が、雨戸の陰から庭を見ると、源三郎が素振りをやっているところだった。

「むっ、むっ、むんっ――」

筒袖《つっそで》を諸肌脱《もろはだぬ》ぎにして、源三郎は、木刀を振るっている。

裸の上半身で、鞭《むち》を束《たば》ねたような逞《たくま》しい筋肉が躍動していた。その瞳は見えない何かを睨みつけて、猛々《たけだけ》しい光を放っていた。

ひゅっ、ひゅっ、ひゅっ……と木刀が鋭く空を裂く音が、小気味よい。

お光はうっとりとして、その姿に見入る。この人柄も体格も立派な男性と一緒の夜具で寝た自分が、誇らしくなるほどであった。

五百回の素振りを終えた源三郎は、深く呼吸をして肉体の緊張を解《ほど》いた。それから、お光の方を向いて、

「朝餉《あさげ》の支度をしてくれ」

「はい、先生っ」

お光は、声を弾ませてうなずいた。

朝餉の支度ができるまでの間、源三郎は、陰干しをしている垣通しの状態を調べた。

そして、朝餉を終えると、源三郎は四畳半にこもって、細工物の作業をする。昼餉の後も、源三郎は作業に没頭した。

お光の方は、その間、洗濯や繕《つくろ》い物をした。源三郎の新妻になったようで、針を使っていても楽しくて仕方がない。

名主屋敷から米や味噌が届く他に、無料《ただ》で生薬《しょうやく》をもらったお返しに、村の百姓

たちが色々な農作物や川魚や料理などを持って来る。

だから、源三郎は食料には全く不自由しない。その夜のおかずは、干し鮎《あゆ》を焙《あぶ》ったものだった。

夕餉の後、源三郎が湯に入り、次いで、お光が湯に入った。

下裳《したも》をつけて肌襦袢を着たお光は、わくわくしながら寝間に入った。

一晩、源三郎と同じ夜具で眠ったことで、不安や緊張はほとんど消えて、目眩《めくるめ》くような未知の領域への期待の方が大きい。

寝間では、これも肌襦袢姿の源三郎が、夜具に端座していた。

「よろしく、お願いします」

夜具の脇に正座したお光が、畳に両手をついて頭を下げた。

「うむ」うなずいた源三郎が、言った。

「お光。お前の裸を見せてくれ」

淫《みだ》ら心の欠片《かけら》もない口調である。

お光は「はい……」と聞こえないほど小さな声で返事をして、立ち上がった。

後ろ向きになって肌襦袢を脱ぎ捨て、下裳も取り去る。

それから、お光は両手で秘部を覆《おお》って、源三郎の方を向いた。

行灯《あんどん》の明かりに照らされた裸身を、源三郎の目に曝《さら》け出すと、お光の全身がかっと熱くなる。

「すこやかに育った美《よ》い軀《からだ》だな」

そう言って、源三郎は立ち上がった。

腰紐を解いて肌襦袢を脱ぎ、下帯《したおび》一本になる。源三郎は、その下帯も外して全裸になった。

思わず、お光の目は、男の股間に吸い寄せられる。その逸物《いちもつ》は、だらりと垂れ下がっていた。

源三郎は、お光の両肩に手を置いた。そして、ゆっくりと十八娘を抱きしめる。

「ああ……」

お光も、幸せそうに吐息《といき》をついた。

源三郎の厚い胸に顔を埋《うず》めて、その背中を抱きしめる。彼女の下腹には、男の柔らかいものが密着していた。

「もう、怖くはないか」

「はい。ちっとも……」

男の胸に頬を擦《こす》りつけるようにしながら、お光は答えた。

それを聞いた源三郎は、右手の指をお光の顎《あご》にかけて、顔を上向かせた。そして、顔を近づける。

お光は、静かに目を閉じた。男の唇が重ねられると、自然と唇を開いてしまう。

十八歳の乙女の、生まれて初めての接吻であった。

源三郎の舌が、お光の口の中に差し入れられた。そして、お光の舌に絡んで来る。

「ん……」

お光も、技巧も何もなく夢中で舌を絡めた。

舌と舌が独立した生きもののように絡み合う甘く生々しい感触に、お光の頭の中は真っ白になってしまう。

全裸で男と抱き合い濃厚な接吻をするという興奮と快楽に、お光は酔った。

しばらく、舌を絡め合ってから、源三郎は唇を離した。

お光は、名残惜《なごりお》しげに目を開く。朝まで、ずっと源三郎と口づけをしていたい十八娘であった。

「お光、そこに跪《ひざまず》きなさい」

源三郎に命じられて、お光は素直に両膝をついた。

目の前に、男根があった。源三郎は、それを観察しろというのである。

お光は目を見張った。これほどの近距離で男性器を見たのは、生まれて初めてだった。

（やっぱり、御父《おと》っつぁんよりも兄ちゃんのお珍々よりも、巨《おお》きい）

お珍々——OCHINCHINは、男根の俗称である。

魔羅——MARA、帆柱——HOBASHIRA、大蛇——OROCHI、篇乃古——HENOKOとも呼ぶ。

珍宝子——CHINPOKOは子供の男根を指す場合が多いが、女体《にょたい》を刺し貫く勇ましい鉾《ほこ》ということで、〈珍鉾〉と表記することもある。

源三郎の垂れ下がった肉根も、二つの瑠璃玉《るりだま》を納めた重々しい袋も、逞しい肉体に相応《ふさわ》しい威容である。

その男根は胡瓜《きゅうり》よりも太く、茎部は畳んだ提灯《ちょうちん》のように幾重にも幾重にも皺《しわ》が寄っていた。

ひどく黒ずんでいる。

お光の性知識にはない言葉だが、俗に〈淫水焼け〉と呼ばれる状態であった。

多くの女の淫水を浴びて黒くなった——という意味で、一般的には、数多くの女と交わって来た強者《つわもの》の証拠と思われていた。

どんな感触なのだろうか——と、お光は思う。

すると、源三郎が、

「触れてもよいぞ」

「は、はい……」

自分の心を見透《みす》かされたかのようで、お光は少し、あわてた。

それから、右手の指先で男根の皺の寄った茎部を、そっと撫でる。

想像以上に皮膚が薄く、柔らかかった。

先端の露出した部分は、小さめの鶏卵《けいらん》ほどもあった。

そこを、左手の指で撫でてみた。茎部よりもさらに柔らかく、頼りないほどである。

両手で男根を触っているうちに、お光は、疑問が湧いて来た。

「——先生」

「何だね、お光」

「こんなに豆腐よりも柔らかくて、あの……ちゃんと、入るんでしょうか」

性行為についての語彙が少ないお光は、かなり直接的な表現で質問する。

「村の男衆は、よく、俺のは硬いとか何とか自慢してますけど」

男同士の猥雑な話を、聞くともなしに聞いているお光であった。

「うむ、大丈夫だ」源三郎は微笑した。

「いざという時には、硬くなる。これが普段から硬かったら、歩くのにも邪魔だからな」

「はあ」

意味がよくわからなくて、曖昧《あいまい》にうなずくお光だった。

しかし、これが自分を女にしてくれるものなのか――としげしげと見つめる。

「さて、お光」

娘の頭を撫でながら、源三郎は言った。

「お前が、女になるのは明日の夜だ」

「明日の夜……」

それを聞いて、落胆したような安心したような奇妙な気分になった、お光である。

では、今夜は何を――という疑問を、彼女が口にする前に、

「今宵《こよい》は、お前の五体の隅々まで可愛がってやる」

源三郎は、お光を夜具に仰向《あおむ》けに寝かせた。そして、唇を重ねて抱き合う。舌と舌の戯《たわむ》れでお光を心地よくさせてから、源三郎の唇は頬へ移動した。そして、頬から耳朶《みみたぶ》、耳の後ろ、首筋、そして胸へと這い進む。

「あ、ああ……」

お光の唇から、甘い呻《うめ》きが洩れた。

大滝村の姫割《ひめわ》り役である御崎源三郎は――第一夜に、十八娘を湯槽の中で抱きしめ、一緒の夜具に寝た。

そうすることで、性交に対する処女としての本能的な不安を消し去ったのである。

女人の不安や苦痛をできるだけ減らして、幸福な初体験をさせる――というのが、源三郎の方針であった。

第二夜は、接吻の快楽を教えて、男根も見せてやった。

愛撫すら未経験の処女に、いきなり硬く猛《たけ》り立った男根を見せると、恐慌状態に陥《おちい》ってしまうことがある。

そうなると、軀が強《こわ》ばって、破華《はか》の苦痛も増してしまう。

だが、休止状態の男根を見せて触れさせておけば、処女もそれに慣れる。

それで、いざという時の恐怖感も少なくなるのだ。

そして、源三郎は、「今夜は破華の苦痛を味わうことはない」と、お光を安心させた。

その上で彼女に、男に愛撫される快楽を教えこむのである。

大きめの乳房をまさぐり、茱萸色の乳頭を吸ってやると、

「んん…はァ……先生……」

それだけで、お光は息を弾ませた。肌が、しっとりと湿っている。

源三郎の愛撫は、広範囲であった。

腋の下はおろか、膝の後ろの窪み、手指の間、足指の間までも舐める。髪の毛だけでなく、頭皮までも撫でる。

このような愛撫のために、源三郎は普段から、爪を短く切って、その先を畳の縁《ふち》や板の間などで磨いている。

尖った爪で、女の肌や粘膜を傷つけないためだ。

そのような愛撫を続けながら、源三郎は、肝心《かんじん》の女器にはなかなか触れようとしない。

俯《うつぶ》せにして、項《うなじ》や肩胛骨《けんこうこつ》の縁を唇でくすぐったり、腰骨の脇を舐めたりする。

その合間に、互いの舌を吸い合う接吻を繰り返すのだ。

源三郎が、女器の愛撫にとりかかったのは、一刻《いっとき》――二時間近く経ってからであった。

「お光」源三郎は言った。

「今度は、お前の大事なものを見せてくれるか」

「あ……はい」

こくり、とお光はうなずいた。秘部を見られるのは羞《はず》かしいが、それよりも嬉しさの方が大きい。

全身を優しく丁寧に愛撫されて陶酔状態のお光は、そのように大胆な気持ちになっていた。

「両膝を立ててみなさい」

「こうですか」

お光は、軽く膝を立てた。その膝を、源三郎が開く。

柔らかな恥毛に飾られた花園が、男の目の前に曝《さら》け出された。

お光にはわからないが、薄茶色をした後ろの門まで見えている。

「先生……」

「何だ」

「あたしの秘女子……変じゃありませんか」

秘女子――HIMEKOは、女性器の俗称だ。

御満子――OMANKO、玉門――GYOKUMON、愛女処――MEMEJYO、愛女子――MEMEKO、火戸――HOTOなどとも呼んだ。

ちなみに、今まで姫割りしたほとんどの生娘《きむすめ》が、源三郎に同じことを訊いた。

いつでも自分のものを見ることができる男と違って、女は直接、自分の性器を見ることができないからだ。

裏に水銀を塗ったギヤマンの懐鏡《ふところかがみ》なら自分の秘部を見ることは可能だが、江戸ならともかく、地方の農家にはそんなものはない。

「変などではない。とても愛らしい形をしておるぞ。形も色も愛らしい」

「よかった……」

十八娘は心底、ほっとしたようであった。

源三郎の言葉は偽《いつわ》りではなく、お光の亀裂から紅色をした花弁が顔を出している。

向かって右側の花弁よりも、左の花弁の方がやや大きかった。

そして、一対の花弁は、わずかに口を開いている。

一刻もの全身愛撫によって、肉の花弁が充血しているのだった。

亀裂の始まりのところに位置する淫核も、皮鞘《かわざや》から頭を出している。

源三郎は、いきなり、そこに唇をつけたり、しなかった。

逆三角形の恥毛の上に、掌《てのひら》をかざすようにする。

性的興奮によって恥毛は、たんぽぽの綿毛のように、ふわりと浮き上がっていた。

その逆立った毛の先端を、源三郎は、掌で撫でるようにする。

その微妙な刺激が、恥毛の毛根から快楽神経へと伝達されるのだ。

「んう……」

お光が。もぞもぞと臀《しり》を蠢《うごめ》かして、恥毛は燃えさかる炎のように逆立った。

そして、一対の花弁がさらに開口し、内部に光る池が見えた。

まだ、直接的な愛撫も接触もしていないのに、乙女の花園の最深部から、早くも愛汁《あいじゅう》が湧き出したのである。

舌先を伸ばした源三郎は、花弁の縁をぺろりと舐め上げた。

「ひいっ」

突然の強烈な刺激に、お光の腰が跳びはねた。

「よし、よし」

悍馬《かんば》をなだめるようにして、源三郎は、秘部に唇を押しつける。そして、舌先で花弁を舐め回した。

一刻もの間、遠回しの穏やかな愛撫を続けて、軀の隅々の快楽神経を目覚めさせてから、突然、本丸を奇襲したのである。

この静から動への落差攻撃によって、お光の全身は、性感帯の塊《かたまり》のようになってしまったのだった。

そして、源三郎の舌技《ぜつぎ》と指戯《しぎ》が半刻――一時間ほど続くと、押し寄せる悦楽の波によって、お光は、息も絶え絶えになってしまった。

泥酔でもしたかのように、体中が真っ赤に火照《ほて》っている。

花園から溢れ出て夜具をも濡らすほど、愛汁を分泌していた。

そんなお光を優しく抱きしめて、源三郎は、そのまま眠りについた。

こうして、姫割りの第二夜が終わったのである――。

二

「舐めるな、こらっ」

怒声《どせい》が通りに響き渡った。

通りを歩いていた人々が、何事かと足を止めて、声の聞こえた店の入口を覗きこんだ。

そこは、南町にある小間物商《こまものしょう》〈吾妻屋《あづまや》〉であった。間口三間《けん》——五・四メートルの中規模の店だ。

お光が全身愛撫された翌日の午前中——川越の城下町である。

川越藩の成立は、徳川家康が江戸へ入府して間もない天正十八年だ。

初代藩主は酒井河内守重忠《かわちのかみしげただ》で、当初は一万石の小藩である。

それが、重忠の弟・忠利《ただとし》が二代目藩主となった時に、二万石に加増された。

酒井家の次に、寛永十二年、堀田加賀守正盛《ほったかがのかみまさもり》が三万五千石で藩主となり、三年後に信濃国松本へ移った。

次に、寛永十八年に六万石で入封したのが、〈智慧伊豆《ちえいず》〉と呼ばれた切れ者、松平伊豆守信綱《のぶつな》である。

信綱は、三代将軍家光の寵臣《ちょうしん》であり、川越を与えられたのは、島原で起こった切支丹《キリシタン》の反乱を治めた功績によるものだという。

信綱は、城下町を整備し、野火止用水《のびどめ》を引いて農業生産力を飛躍的に増加させた。

そして、新河岸川《しんかしがわ》に五ケ所の河岸を設けて、舟による河川運送を発展させた。

川越と江戸を結ぶ川越街道を整備したのも、信綱である。

さらに、元禄七年には、柳沢美濃守吉保《みののかみよしやす》が七万二千石で川越藩主となった。

五代将軍綱吉の御用人《そばようにん》として権勢を誇り、悪名高い吉保であるが、川越では新田開発などを行っている。

そして、明和四年に、上野《こうずけ》前橋から松平大和守朝矩《やまとのかみとものり》が十五万石で移転して来た。

現在は、朝矩の子・直恒《なおつね》が藩主である。

川越芋《いも》、素麺《そうめん》、織物など名産品の多い豊かな土地であった。〈小江戸《こ》〉と呼ばれるだけではなく、〈江戸の母〉とさえいわれている。

経済活動が盛んだから、自然と装飾品の類《たぐい》も売れるので、この吾妻屋も繁盛している。

しかし、繁盛している店には、時として、壁蝨《だに》のような輩《やから》が押しかけるのであった。

「この猩々権太様《しょうじょうごんた》が簪《かんざし》を買ってやろうってのに、品物がないってのは、どういうわけだ。俺が車引きの人足《にんそく》だと思って、馬鹿にしてんのかっ」

吠えているのは、樽のような軀《からだ》つきの大男であった。

店の上がり框《かまち》に挽《ひ》き臼《うす》のような臀《しり》を据えて、左足を右膝の上に乗せている。春先とはいえ、まだ陰暦二月の半ばなのに、権太という男は真っ赤な下帯《したおび》を締めて、腹に晒《さら》し布を巻いただけの格好であった。

鬼瓦のような顔つきで、背中から両肩や腕にかけて、びっしりと針金のように太く硬そうな体毛が生えている。

これが、〈猩々〉という異名の由来であろう。普通なら着ているはずの袖無し羽《ば》織《おり》を着ていないのも、これを見せつけるために違いない。

「さあ、江戸の馴染みの舟比丘尼《ふなびくに》に土産を買って行ってやるんだ。尼さん用の簪を出してくれ」

舟比丘尼というのは、小舟に客を乗せて売春する私娼《ししょう》の一種である。

頭を剃ったり髪を短く刈って、尼僧の装いをしていた。現代でいうところのコスプレ風俗のようなものであった。

「お客さん。冗談はおやめください」

番頭の金之助《きんのすけ》は、恐る恐るという感じで言った。

「髪のない尼さんの頭に、簪は挿《さ》せませんよ」

「何を言いやがる。おめえのところは、小間物屋の看板を出してるじゃねえか。客が欲しがる小間物なら、何でも用意しておくのが商いの筋というもんだろう」

権太は、無理難題を吹っかける。

こうやって、街道の先々で、ゆすりたかりを繰り返している悪党なのだろう。

「さあ、早く出せっ」

そう言いながら、番頭の胸倉《むなぐら》をつかもうとした。その時、

「――おい。そこの奴」

入口の方から、声がかかった。

権太が振り向くと、そこに立っていたのは、菅笠《すげがさ》を被った長身の浪人者である。

筒袖《つつそで》に裁着袴《たっつけばかま》、帯の左側に脇差を差していた。

御崎源三郎である。

「あ……先生っ」

金之助が、嬉しそうな声を出した。

「何だ、先生だと？」

権太は、訝《いぶか》しげに源三郎を見て、

「寺の下男みてえな格好しやがって、どこが先生だ。大方、喰いつめて傘張りでもしてるド三一《サンピン》だろう」

三一とは〈三両一人扶持《いちにんぶち》〉の略で、武士階級に対する蔑称である。頭にドをつけると、最大級の罵倒語になる。

「ゆすりたかりというのは、もう少し下手に出て穏やかにやるものだ。吠えて金を取れるのは、観世物《みせもの》小屋の熊くらいだぞ。もう吠えるのはよいから、表へ出なさい」

通りへ出ながら、源三郎が言う。

「言いやがったなっ」

立ち上がった権太は、通りへ飛び出した。

「俺様を熊扱いしたからには、手足をへし折られても文句はあるめえ。そんな赤《あか》錆刀《さびがたな》なんか、俺《おら》ァ、怖くも何ともねえぞっ」

「お前ごときを相手に、刀は抜かぬ。かかって参れ」

路上で対峙した二人を、野次馬が遠巻きにする。

「ぶっ殺してやるっ」

突進した権太は、岩のような拳骨《げんこつ》を相手の顔面に叩きこむ――はずであった。

が、彼の拳骨は、何もない空間を通過してしまった。空振りである。

ほぼ同時に、腹部に物凄い衝撃を受けて、

「ごふっ」

権太は、一間ほど後方へ吹っ飛んだ。

源三郎は身を屈《かが》めて拳骨をかわすと、軀《からだ》を半身に開いて、右の肘打《ひじう》ちを権太の鳩尾《みぞおち》に叩きこんだのである。

襲いかかった権太の勢いが、そのまま自分の軀へのダメージとなって、後ろへ吹っ飛ばされたのだった。

そして、源三郎の方は、右肘打ちの姿勢から地面に根が生えたように、微動だにしていない。

「ごふっ、げほっ……ちきしょう、よくもやりやがったな」

顔をしかめて腹を押さえながら、権太は立ち上がった。喧嘩馴れしていて、相当に頑丈な奴らしい。

「生きたまま、両手両足をねじ切ってやるっ」

大声で喚《わめ》きながら、権太は両腕を伸ばして、つかみかかった。

団扇《うちわ》のように大きな手で、源三郎の両肩を鷲《わし》づかみにする。

あわてもせずに、源三郎は、右手の甲を相手の顔の前にかざした。

そして、鞭《むち》のように手首の返しを充分に効かせて、四指の背で権太の両眼を叩く。目潰《めつぶ》しだ。

「ぎゃっ」

目の前が真っ暗になって眼球に痛みを覚えた権太は、思わず、源三郎の肩から手を離した。

すかさず、源三郎は相手の右手首をつかんで関節を極めると、その足を払った。

「わっ」

権太は地響きを立てて、背中から地べたに落ちる。

その脇腹の稲妻と呼ばれる急所に、源三郎は、右の踵《かかと》を突き入れた。

「うぐっ……」

さすがの荒くれ者も、悶絶した。

源三郎は、極めていた権太の右腕を放り出す。両手両足を大の字に投げ出したまま、権太は動かない。

見物していた野次馬から、どっと歓声が上がった。

「凄《すげ》えやっ」

「まるで、鞍馬の天狗様みたいな強さだぜっ」

源三郎は賛辞の嵐を恥じるように、野次馬に背を向け、長暖簾《ながのれん》を掻き分けて吾妻屋の土間へ入った。

「先生、ありがとうございましたっ」

番頭の金之助が、頭を下げる。

「いや……あんな目立つことは、するつもりはなかったのだが」

菅笠を取りながら、やや当惑気味に源三郎は言った。

三

すぐに、御崎源三郎は、吾妻屋の奥の居間に通される。

熱い茶が出されて、それから、主人の徳右衛門《とくえもん》が出て来た。

「御崎先生。うちの番頭の危難をお救いくださいましたそうで、わたくしからも、御礼を申し上げます」

両手をついて丁寧に頭を下げる徳右衛門に、

「大したことはしておらぬ」と源三郎。

「どうも、私は、理不尽な奴を見ると我慢のできぬ性分《しょうぶん》でな」

「さすがでございます。大滝村の名主の次郎兵衛《じろべえ》さん一家を救われたのも、たまたま街道を通りがかりのことと伺いました。残念なことですが、面倒なことには関わり合いにならぬようにするのが、近頃の人情。悪事を見過ごすことのできぬ先生は、大滝村の守り神でございましょう」

「もう、やめてくれ。身の置きどころがなくなる」

源三郎は苦笑した。そして、懐《ふところ》から袱紗《ふくさ》の包みを取り出して、

「ずいぶんと日にちがかかったが、頼まれていたものが、ようやくでき上がったのでな」

「おお」

徳右衛門は袱紗を開いて、感嘆の声を上げる。

それは、象牙《ぞうげ》の根付《ねつけ》であった。

根付とは、印籠《いんろう》や煙草入れを帯から下げる時に、滑り落ちないようにする留《と》め

具《ぐ》である。

最初は丸い珠《たま》が使われていたが、次第に細かい細工を施したものが普及した。大きさは、一寸――三センチくらいだ。材料は黄楊《つげ》、黒檀《こくたん》、象牙、珊瑚《さんご》などで、優れた根付は、実用品を超えた生活美術品として高く評価されている。

源三郎の作ったそれは、帆立貝が口を開けて、その中に乙姫様の竜宮城があるという幻想的な趣向だ。

「見事な仕上がりでございます」

感に堪《た》えぬという口調で、徳右衛門は言った。

「これならば、頼み主も喜ばれるでしょう」

一昨日の午後と昨日一日中、源三郎が四畳半にこもっていたのは、この象牙の根付の仕上げのためであった。ほぼ一月を費やして完成したものである。

――源三郎が根付作りの腕前を初めて披露したのは、名主屋敷の隠居所に暮らすようになってから、半年ほど経った時のことであった。

名主の次郎兵衛が愛用している煙草入れの根付は、黄楊で作った虎だった。蹲《うずくま》った虎が、自分の尾の先を舐めている格好である。長い年月を経て、落ち着いた光沢が出ていた。

ある日、近在の名主の集まりに出かけた次郎兵衛が、家に戻って見ると、その根付の虎の尾の先が、何にぶつけたものか、ぽっきりと折れていたのである。

「これは、私の祖父から受け継がれて来たもので、大袈裟《おおげさ》に申せば我が家の家宝なのですが……あまり執着しすぎて罰が当たったのですかな。仏道では、行きすぎた執着を戒《いまし》めるそうですから」

泣き笑いの顔で愚痴をこぼす、次郎兵衛だった。

その落胆した様子を見ていた源三郎は、やや躊躇《ためら》いながらも、

「ひょっとしたら……私が直せるかもしれぬ」

そう言ったので、次郎兵衛は驚いた。

「先生は細工事も、おできになるので？」

「できるというほどのものではないが、亡父が細工事が好きでな。根付作りをして、暮らしの足しにしていた。私は小さい頃から脇でそれを見ていたから、門前の小僧何とやらで、つい、覚えてしまったのだ」

昔を懐《なつ》かしむ風情で、源三郎は言う。

「なるほど」

「折れた尾の先はないことだし、仮にあったとしても、どうにもならない。陶器

の焼接《やきつ》ぎと違って、糊《のり》で貼りつけても、すぐにとれてしまうからな。それよりも、残った尾が不自然にならないように、折れ口を削り直すのだ」

「その細工が、おできになるのですね」

「うむ……たぶん」

「ようございます、先生」

次郎兵衛は大きくうなずいた。

「どうせ、駄目になった品物です。先生がお好きなようになすってくださいまし。わたくしは先生を信頼しております。どのような仕上がりになろうとも、文句は申しません」

「わかった、やってみよう」

そう言って根付を預かった源三郎だが、早くも、三日後には名主屋敷へやって来た。

「これは、まあ……」

直された根付を見て、次郎兵衛は感動の色を露《あら》わにした。

折れた尾の先を巧みに削って、元からその長さだったように見える。

口から舌先が出ていたのも、直してあった。

そして、その部分に汚しをかけて、古びた感じにし、全体の調子が崩れないようにしてあった。

「先生、見事なお手並みでございます」

何度も何度も、繰り返し礼を言う次郎兵衛であった。

「これで、祖父にも父にも顔向けができます。今夜一晩は、これを二人の位牌《いはい》の前に置いて見てもらいます」

「そのように喜んでもらって、私も嬉しい。名主殿には世話になりっ放しだからな」

源三郎も、ほっとしたように微笑した。

そして、数日後――次郎兵衛は、町方《まちかた》役所に用事があって城下町へ行った。

町方役所からの帰りに、顔見知りの吾妻屋徳右衛門と出会って、誘われるままに近くの料理茶屋に入った。

酒を酌み交わしながら、徳右衛門は、ふと、次郎兵衛が置いた煙草入れの根付に目を留めたのである。

「次郎兵衛さん、根付を取り替えられましたかね」

「いえ。前と同じものですよ」

得意そうに微笑《ほほえ》んで、次郎兵衛は煙管《きせる》を吹かす。

「しかし、前に見た時は、尾がもう少し長かったようだが」

「さすが、商売柄ですな」

次郎兵衛は、煙管の雁首《がんくび》を煙草盆の灰吹きに打ちつけて、

「たしかに、虎が舌の先で尾の先を舐めている格好でした。だが、私がうっかりして、尾の先を折ってしまってね。それで、うちの先生が直してくれたのですよ」

これを誰かに自慢したくて、しょうがなかった次郎兵衛なのである。

しかも、相手が本職の小間物商《こまものしよう》なのだから、願ったり叶ったりであった。

「直した？」

徳右衛門の顔が瞬時に引き締まり、真剣な商人の表情になった。

「しかし、これは……尾の先だけではなく、舌も……素人《しろうと》の余技にしては巧みすぎる。いや、前に見たことがなければ、最初からこういう作りだったとしか思えない」

徳右衛門が感心したのは、技術だけではなかった。

たしかに、黄楊の根付を彫り直して汚しをかけた技術も素晴らしい。

だが、それと同じくらい重要なことは、作品全体の趣《おもむき》が崩れていないということなのだ。

壊れて手直しをした根付は、どうしても、どこかに無理のある不自然な印象になってしまう。

その違和感を全く感じさせないということは、直した職人が、元の作品を作った職人と同じか、それ以上の力量と美的感覚の持ち主だという結論になるのだ。

「どうでしょう、次郎兵衛さん。御崎先生をご紹介いただけませんか。これほどの腕前の御方《おかた》に、是非とも新しく根付を一つ彫ってもらいたい」

頼みこまれた次郎兵衛は、御崎源三郎に吾妻屋徳右衛門を引き会わせた。

「虎の根付の直しは、たまたま上手くいっただけだ。私は、ただの素人だから」

そう言って源三郎は断ったのだが、あまりの徳右衛門の熱心さに、ついに根付作りを承諾したのである。

こうして、数ヶ月に一個の割合で、源三郎は、根付を吾妻屋に渡すことになった。材料や道具は、徳右衛門が用意した。

代金は、数両から最高で十両くらいである。

源三郎自身は、暮らしに必要なものは村の皆が差し入れてくれるので、ほとんど金を遣う必要がない。

だから、自分が姫割りをした娘が嫁に行く時に、その根付作りの収入で祝いの品を贈るようにしている……。

今回の根付は、源三郎の作品の評判を聞きつけた江戸の小間物屋からの注文品であった。

「──隠居した旗本の古希《こき》の祝いの品という話でしたな」

源三郎が、茶を飲みながら言う。

「はい。小川町の…」

「頼み手の名前は、結構。私の名も住居《すまい》も、先方には明かさぬようにしてもらいたい」

柔らかく、源三郎は釘《くぎ》を刺した。

「わかりました」と徳右衛門。

「ですが、先生。こんなことをお武家様に申し上げるのは、失礼かもしれませんが、これほどの腕前をお持ちでしたら、江戸へ出て一本立ちの根付師になっても仕事に困らないと思いますよ」

「………」

「いや、川越の商人のわたくしとしては、先生には大滝村にいていただいた方が、都合がよいわけですが」

「私は人の多いところが、苦手でね。大滝村で、のんびりしていた方が気楽なのだ」

少し頭を傾《かし》げるようにして、源三郎は言う。

「世捨て人のようですな」

「うむ……そんなようなものだ」

そう言って、源三郎は、そっと目を伏せた。

第三章　消えた娘

一

吾妻屋《あづまや》で昼餉《ひるげ》を振るまわれた御崎源三郎《みさきげんざぶろう》は、三両の代金を受け取って隠居所に戻って来ると、「風呂を沸かしてくれ」とお光《みつ》に言った。

「お風呂ですか」

「うむ。そして、夜具を敷いてくれ」

「まあ……」

見る見るうちに、お光の首筋に血が昇った。

今夜こそ先生に女にしてもらえる――と楽しみにしていたお光である。

だが、まさか、昼間から初体験をするとは考えていなかったのだ。

「でも……まだ、明るいのに……」

「明るいと厭《いや》かね」

「……いいえ」

真っ赤になって、お光は頭を左右に振った。

「すぐに支度しますっ」

午前中のうちに、湯槽に水は汲んであった。お光は、焚き口に火を入れる。そして、寝間に夜具を敷いた。

(明るいところで、あたしの…秘女子を見られてしまう……だけど、先生の裸も見られるのは嬉しいな……)

お光は、焚き口を見張っている間、胸がわくわくするのを抑えることができない。

風呂が沸くと、昨夜と同じように、先に源三郎が入り、次にお光が入った。

晴天なので、障子窓を閉めたままでも、寝間は明るかった。

源三郎は下帯《したおび》一本の裸になって、夜具に入っていた。

枕許《まくらもと》には、川越の城下町で買って来た高級な始末紙である桜紙が用意されている。

「来なさい」

そう言われて、お光は、夜具の脇にしゃがみこむ。

源三郎に背を向けて肌襦袢《はだじゅばん》を脱ぐ。下裳《したも》も取り去った。

全裸になったお光は、上掛けの端を持ち上げて、するりと滑りこむ。

仰向《あおむ》けに寝ると、源三郎が唇を合わせて来た。お光は、自分から舌先を差し入れる。

「ん……んん……」

貪るように舌を出し入れする、情熱的な接吻になった。

源三郎が唾液を流しこむと、お光は喜んでそれを嚥下《えんげ》する。

源三郎が唇を離すと、

「女にしてっ」

お光は息を弾ませながら、言った。

「早く、あたしを先生のものにしてっ」

「よしよし」

もう一度、源三郎は軽く接吻をした。そして、十八娘の全身を隈《くま》なく愛撫する。

四半刻《しはんとき》――三十分ほどの愛撫で、お光の花園は透明な愛汁《あいじゅう》を湛《たた》えていた。

昨夜よりも、お光の反応が激しく深い。

目覚めたばかりの悦楽の感覚が、さらに開花したのだろう。

その紅色の花園を、舌と唇で丁寧に愛撫してから、源三郎は、右の人差し指を静かにあてがった。前に進める。

「あ……」

お光が、小さく呻《うめ》いた。

苦痛ではなく、今までに味わったことのない圧迫感に、驚いたのだろう。

乙女の花孔は、人差し指の第一関節までしか入らない。

純潔の肉扉が、それ以上の侵入を遮《さえぎ》っているのだ。

源三郎は、指をその位置にしたままで、ゆっくりと周囲を揉みほぐしてゆく。

その間も、彼の左手は、お光の下腹や内腿《うちもも》を静かに撫でていた。

四半刻ほど続けていると、かなり括約筋《かつやくきん》が柔らかくなって来た。

人差し指の付け根まで、ほとんど抵抗なく花孔の中へ入る。

内部の肉襞《にくひだ》が、源三郎の指を甘く締めつけて来た。

男を迎え入れたことのない十八娘の肉襞は、まだ摩耗しておらず、初々《ういうい》しい。

さらに四半刻ほど愛撫すると、人差し指の出し入れに余裕が生じた。

すでに、夜具には花園から溢れた愛汁で沁《し》みができている。

源三郎は軀《からだ》をずり上げて、お光の上に覆《おお》い被さった。

右手で、己《おの》れの男根を握る。何度か擦《こす》りたてると、すぐに屹立《きつりつ》した。

それは、太さも長さも平均的な寸法の二倍はあった。

まさに、巨根である。

巨《おお》きいだけではなく、天狗の鼻のように反りかえっていた。

血管の浮き出た茎部は黒光りし、先端の玉冠部《ぎょくかんぶ》は赤黒く膨れ上がっている。

このような巨砲で姫割《ひめわ》りをするのであるから、相手を怪我させないように、源三郎は慎重の上にも慎重を重ねて、時間をかけて乙女の肉体の緊張を緩めているのだった。

源三郎は意志の力で、屹立を制御できる。

だから、昨夜、お光に触れさせた時には、わざと柔らかいままにしておいた。

結合前に、この巨根を処女に見せてしまうと、恐怖で軀が固くなる。

そうすると、破華《はか》の苦痛も大きくなってしまうのだ。

今は蜜柑《みかん》のように丸々と膨れ上がった先端を、源三郎は、濡れた亀裂にあてがう。

そして、透明な秘蜜を玉冠部にまぶすと、それで亀裂や淫核を撫でまわした。

「ひ……先生、それ……ああァっ」

お光が切れ切れに、喘《あえ》いだ。

初めて体験するとろけそうな快感を、どういう言葉で表現してよいのか、わからないのだろう。

淫核はひどく敏感だから、指で愛撫をすると、痛みを生じることがある。

しかし、愛汁まみれの玉冠部での場合は、その心配はいらない。

濡れた玉冠部と淫核の擦り合いの快感が、生娘のお光を、さらに燃え立たせた。

好機逸《いっ》すべからず――という諺《ことわざ》もある。

今が好機と判断した源三郎は、花孔に玉冠部を押し当てた。

相手が怯《ひる》む前に、ぐぐっと腰を進める。

二

「ああっ」

純潔の肉扉を押し広げて巨根が侵入する感覚に、結合を希望していたお光も、反射的に腰を引こうとした。

が、彼女の肩を押さえた源三郎はそれを許さず、一気に乙女の肉扉を引き裂く。

「――ァァっ！」

お光が声にならぬ悲鳴を上げた時、源三郎の分身は、彼女の花孔の奥深くに侵入を果たしていた。

全体の三分の二ほどが、お光の内部に没している。そこで、源三郎は腰を停止させた。

「お光……」

目を閉じている十八娘に、源三郎は呼びかけた。

「安心しろ。もう、一番痛いことは終わったぞ」

ゆっくりと目を開いたお光が、

「先生……本当？」

潤んだ目で、源三郎を見つめる。興奮のために、その目は充血していた。

「痛かっただろう」

「ううん、思ったより痛くなかった」

お光は微笑して、

「きっと、先生が優しくしてくれたからですね」

「なるべく痛みのないようにしているのだが、あの一瞬だけは仕方がない。虫歯や棘《とげ》を抜く時と同じで、痛くても一気にやってしまった方が楽なのだ。よく耐えたな」

そう言って、汗で湿ったお光の額に、源三郎は接吻してやる。

「だが、まだ、ずきずきしているだろう」

「あ、はい……少しだけ」

遠慮がちに言う、お光だ。

心優しい娘だから、痛みがあると言うと、丁寧に姫割りをしてくれた源三郎に申し訳ない――という気持ちが働いているのだろう。

源三郎の男根は、傷ついた花孔が健気《けなげ》に締めつけて来るのを感じていた。

「その痛みが治まるまで、私は動かないから、安心しなさい」

そう言って、源三郎は、お光の頬を右手で撫でてやった。

「女になったんですね、あたし……」

感激の面《おも》持ちで、お光は呟《つぶや》く。

それから、目を閉じて、お光は唇を突き出した。接吻をせがんでいるのだった。

無論、源三郎は、それに応えてやる。

穏やかに、二人は口づけを交わした。

舌を絡め合ったが、激しく吸い合うのではなく、ゆったりと互いの口の中を行き来する。

ややあって、源三郎が唇を離すと、お光が、

「先生。動いてみて」

「痛みが治まったのか」

「はい……さっきより大分、楽になりました」

「そうか」

源三郎は腰を動かさずに、びくんっと男根だけを身動《みじろ》ぎさせた。

「ん………」

少しだけ、お光は顔をしかめた。が、大した痛みではなかったらしい。

源三郎は今度は、ゆっくりと抜き差ししてみる。

「う……平気よ、先生。ちょっと痛いけど……気持ちいいのが、一緒に来るの」

お光は、素朴で直接的な表現で感想を述べた。

「うむ。その気持ちがよいのが少しずつ、大きくなるのだ」

緩やかに腰を使いながら、源三郎は言う。

一年中、農作業の手伝いや家事をしているお光は、丈夫で健康的な躯《からだ》をしていた。

それで、肉体が年齢相応に成熟しており、結合が円滑に進んだのだろう。

これが、箸《はし》よりも重いものを持ったことがないような大名や大身旗本のお姫様の場合は、適齢期になっても肉体が成熟していないことがある。

その場合は、初夜で苦痛を訴えることが多いという。

初夜の相手が、愛撫もろくにできないような若殿様では、さらに結合が困難になる。

そのために、乳母が張形《はりがた》――男根の形をした淫具を使って、嫁入り前のお姫様に性教育を施すこともあるそうだ。

「ん、んんぅ……ああ……あァんっ」

緩やかな抽送で刺激されているうちに、お光の喘《あえ》ぎ声が甘さを帯びて来た。源三郎の首に、諸腕を巻きつかせる。

「痛くはないか、お光」

腰を動かしながら、源三郎が尋ねる。

「い…痛いけど……気持ちいいんです」

快感を噛みしめるように目を閉じたままで、お光は言った。

「先生のでっかいお珍々が、あたしの中に出たり入ったりするのが、とってもいいの……痛いけど……慣れたら、お灸《きゅう》の熱いのみたいで、いい……」

「なるほど。鍼《しん》灸のようなものか」

源三郎は、お光の頬に、自分の頬を擦《こす》りつけてやった。

そして、巨砲の抽送を強めた。

時々、直線運動だけではなく、斜め突きを交ぜたり円運動にしたりする。

源三郎は、お光の反応を観察しながら、より悦楽の深くなる方法を探っているのだった。

「せ、先生……いやらしい音がしてる」

お光が、声を弾ませながら言った。

男根を抜き差しする度に、ぬちゅ、ぬちょ、ぬちゅっ……という粘膜の擦れ合う音がするのだ。

「もっと、いやらしくしてっ」

さらに強い刺激を求める、お光であった。

「こうか」

源三郎は、深く挿入する。

「ああ……あたしの秘女子がいっぱい……先生のお珍々で……いっぱいになってるっ」

お光は、男の首を強く掻き抱いた。

源三郎は、女壺《にょつぼ》の奥の院に玉冠部《ぎょくかんぶ》を密着させると、ぐいっ、ぐいっ……と強く押しつける。

「んぅ……ん、ん、んっ」

お光が、急に両足を踏ん張った。背中を弓なりにして、臀《しり》を浮かせる。

源三郎の腰を乗せたまま臀を浮かせたのだから、かなりの力であった。

お光が達しようとしていると直感した源三郎は、素早く小刻みに男根を動かす。

「~~~~っ!!」

十八娘の喉の奥から、言葉にならない叫びが迸《ほとばし》った。

それに合わせて、源三郎は吐精することができた。熱い溶岩流を、女体の奥の院に勢いよく浴びせかける。

お光が、すとんっ、と臀を落とした。

まだ射出を続ける男根を、彼女の肉襞が不規則に痙攣《けいれん》しながら締めつける。内《うち》腿《もも》も痙攣していた。

数度に分けて大量の精を放った源三郎は、お光の顔を覗きこんだ。

ぐったりしたお光の汗に濡れた額に、前髪が貼りついている。赤ん坊のように、無防備に唇を開いていた。

結合を解かぬまま、源三郎は手拭いで、お光の顔や首筋の汗を吸い取ってやる。

しばらくしてから、お光は目を開いた。

「先生……あたし、どうしたんですか」

ぼんやりした顔つきで、お光は訊く。

「お前はな、少しの間、気を失っていたのだ」

「何だか、頭の中が真っ白になって……変な話ですけど、高いところへ落ちてゆくような感じがして……あれが、逝《い》くってことですか」

「そのようだな。男の私には、わからないが」

源三郎は苦笑いする。

「へえ……気が逝くのは、女だけなんですか。じゃあ、男の人は？」

「男は極まると、精を放つ。私が、お前の中に放ったのが、わかるか」

「はい……何か熱いのを感じました」

お光は、嬉しそうに言った。できることなら、その精で源三郎の子を授かりたいのだろう。

「吐精は心地よいものだが、女が感じるものとは違うらしい。男は精を放っても、気を失ったりはしないからな」

「そうなんですか」

釈然としない様子のお光である。

「それに、女でも気が逝く者と逝かぬ者がいる。生涯、女悦《にょえつ》の絶頂を味わうことなく果ててゆく者も多いそうだ」

「そういう女の人は、先生みたいな人に出会わなかったんですね。とても可哀《かわい》相《そう》」

「うむ……だがな。幸不幸は、人それぞれだ」

源三郎は、しみじみとした口調で言う。

「桃の実は旨い。だが、一度も桃を食べたことがない者は、桃を食べられなくて残念だ——とは思わないだろう。女悦も同じではないかな」

「あたしには、よくわかりません」

お光は、源三郎にしがみついた。

「わかってるのは……先生に抱いてもらうと、死んでもいいくらいに気持ちいいってことだけ」

「そうか」

源三郎は、女になったばかりの十八娘の背中を、愛情をこめて撫でてやる……。

――そのお光が行方《ゆくえ》知れずになったのは、この姫割りの日から五ヶ月後のことであった。

三

「お光が店にいない……それは妙だな」

御崎源三郎は眉《まゆ》をひそめた。

「お倉《くら》さんは、自身番というところにも相談に行ったそうですが、まるで相手にされなかったそうで」

憔悴《しょうすい》した顔で、お松が言う。

猛暑も一段落した陰暦七月末――その正午《ひる》過ぎであった。

隠居所の居間にいるのは、源三郎とお光の母親のお松の二人である。

今年の春、源三郎に無事に姫割りされたお光は、江戸へ出て、料理茶屋〈桔《き》梗《きょう》〉に奉公した。

最初は台所の下働きから始めて、二ヶ月後には、女中となった。

丈夫で骨惜《ほねお》しみせず働くので、店での評判は上々であった。

下谷長者町《したやちょうじゃまち》の瀬戸物屋〈江島《えじま》屋〉には、四年前から同じ大滝村の出のお倉という女が奉公している。

このお倉が、時々、外へ使いに出たお光と甘味処《かんみどころ》などで会っていた。

「村が恋しいし、泣きそうになることもあるけど、一生懸命働いて、家へ仕送りしてやりたいの」

団子を食べながら、お光は、お倉にそう言っていたそうだ。

七月十六日は、藪入《やぶい》りである。

奉公人が雇い主から一日だけ暇をもらって、実家に帰り羽を伸ばす日だ。

お光たちのように実家が遠い者は、連れ立って盛り場で遊んだりする。

十六日の朝、主人から小遣いをもらって江島屋を出たお倉は、下谷茅町《かやちょう》一丁目にある桔梗へ向かった。

六月の上旬にお光に会った時に、「藪入りの日は、浅草寺にお参りして、奥山をまわろう」と約束していたのである。

お倉は、桔梗の裏口へまわり、お光を呼び出してもらおうとした。

ところが、女将《おかみ》のお仲《なか》が出て来て、「お光なんて女中は、うちにはいないよ。先月、ぷいといなくなって、それっきりだ。男でもできたんだろうね、えらい迷惑だ」と言って、お倉を追い返したのである。

納得できないお倉は、近くの自身番に相談に行ったのだが、町役人は「男と駆け落ちした奉公人の面倒までは、みてられない」という冷たい対応だった。

それで、お倉は、江戸と川越を往復している川船の船頭・政六《まさろく》に、言付《ことづ》けを頼んだ。

頼まれた政六は、大滝村にやって来て、米吉《よねきち》とお松の夫婦に、お光失踪《しっそう》の経緯《いきさつ》を伝えた。

驚いた米吉は、早速、長男の彦太《ひこた》と一緒に江戸へ出て、桔梗を訪ねたのである。

しかし、女将のお仲は、お倉に話したのと同じことを言って、けんもほろろの態度だった。

奉公の仲介をした口入れ屋にも行ってみたが、「勝手に店を飛び出されたら、間に入った私らが迷惑するんだよ」と逆に怒られる始末だった。

諦め切れない米吉と彦太の父子は、桔梗の近くで待ち構えて、出て来る奉公人にお光のことを訊こうとした。

だが、誰も「お光ちゃんは急にいなくなったから、行方は知らない」と言うばかり。

米吉たちは、それ以上江戸にいてお光を捜す時間も費用もない。

何の収穫もなく、二人は、川越に引き揚げて来たのである。

父親の米吉の方は、「きっと、悪い男に引っかかって、女衒《ぜげん》にどこかへ売り飛ばされたんだろう」と半ば諦めているようであった。

「だけど、男親と違って、自分の腹を痛めて子を産んだ女親は、そんなに簡単に諦められねえです」

それで、お松は一人で、源三郎に相談しに来たのだ。

「何も知らないおぼこならともかく、先生に姫割りしていただいたお光です。江戸へ出る前の晩に、お光は言ってました。先生のお世話になったんで、変な男に騙されない自信がついたって」

「……」

「それなのに、奉公して半年も経たないのに、男と駆け落ちするなんて、そんな馬鹿なことがあるでしょうか。大体、男と付き合っていたことを店の者が誰も知らないっていうのが、おかしいですよ。店に住みこみの奉公で、自由気ままに外出できるわけじゃありませんからね。そうでしょう、先生」

「……」

源三郎は黙りこくって、相槌《あいづち》も打たない。

「先生、お光を助けてください」

お松は、源三郎の膝にすがらんばかりの勢いで懇願した。

「――つまり」源三郎は言った。

「私に、江戸へ出てお光を捜してくれ――というのだね」

ひどく硬い表情と声である。

「村の中のことなら名主様におすがりしますが、川越から十里も離れた江戸となると、先生の他にお頼みする相手がございません。お願いしますっ」

お松は叩頭《こうとう》して、額《ひたい》を畳に擦《こす》りつけた。

それを見ていた源三郎は、

「お松。手を上げてくれ」

「では、お聞き届けいただけますか」

お松は、下から源三郎の顔を覗きこむようにする。必死の表情だ。

「……一晩、考えさせてほしい」

源三郎は硬い表情のままで、言った。

「それに、仮に私が江戸へ出て捜したとしても、お光が必ず見つかるとは限らないよ」

「それは、もう、はい」

お松は喜色満面になった。

「先生に捜していただいて見つからなければ、神隠しに遭《あ》ったと思って、あたしも諦めます。よろしく、お願いしますっ」

訪れた時とは打って変わって、生気を取り戻したお松は、帰って行った。

その後も、源三郎は、居間に座ったきりであった。

夕方になり、陽が落ちて座敷の中が暗くなっても、源三郎は行灯《あんどん》もつけない。

腕組みをして、じっと考えこんでいた。

時折、その顔に激しい葛藤の色が過《よ》ぎる。

源三郎が腕にとまった蚊《か》を、ぴしゃりと叩き潰したのは、戌《いぬ》の中刻《ちゅうこく》――午後九時過ぎであった。

「よしっ」

闇の中に目を据えて、源三郎は、力強くうなずいた。

第四章　仇敵持《かたきも》ち

一

「先生、どうかなさいましたか」

名主屋敷の居間へ入って来た次郎兵衛《じろべえ》は、端座している御崎源三郎《みさきげんざぶろう》を見て、そう言った。

「名主殿は、もう、床についていたのだろう。夜分、申し訳ない」

源三郎は頭を下げた。

隠居所の座敷で何事かを決意した源三郎は、すぐに、夜間にも関わらず、名主屋敷を訪ねたのである。腰には脇差を帯びていた。

「いえ、いえ。よろしいのです」

寝間着から普段着に着替えて来た次郎兵衛は、片手を振った。

「先生が御用があるのなら、たとえ丑三《うしみ》つ刻《どき》であっても、うちに来ていただいて構いません。ただ……」

少し言いよどむ次郎兵衛である。

「どうも、今まで拝見したことのないようなお顔を、なさっていますが」

「そうか」

源三郎は苦笑する。

「では、私も、まだまだだな」

「伺《うかが》って楽しい話ではないようで、ございますね」

「うむ」

そこへ、お新が茶を持って来た。

源三郎は口を噤《つぐ》む。

婿《むこ》を取って三年目——十九歳のお新の肢体《したい》からは、人妻としての匂うような色香が漂っていた。

「先生と大事な話をしているから、呼ぶまで誰も来ないように」

次郎兵衛がそう言うと、お新は「わかりました」とうなずいた。

そして、源三郎にも会釈して、座敷を出てゆく。出る直前に、お新は、源三郎に向かって熱っぽい一瞥《いちべつ》を投げた。

「ご存じと思いますが――あれも、先生をお慕いしておりました。ですが、先生には妻帯の意志がないとわかって、諦めたのでございます」

父親としての慈愛に溢れる口調で、次郎兵衛が言った。

「いえ、婿に来てくれた清吉《せいきち》は善《よ》い男で、何の不満もございませんが」

「名主殿。今まで打ち明けなくて悪かったが、親の代からの浪人というのは偽《いつわ》りで――」

一呼吸置いて、源三郎は言った。

「実は、私は仇敵持ちなのだ」

それを聞いた次郎兵衛の衝撃は、大変なものであった。

ぐらりと軀《からだ》が斜めに傾いだので、右手を畳についてしまう。

しばらくの間、息をすることも忘れて、次郎兵衛は、源三郎の顔を凝視していた。

「……何か、理由があるのでございましょう」

ようやく姿勢を改めて、言葉を発することのできた次郎兵衛だった。

仇敵持ちとは、仇討《あだう》ちの逆である。

つまり、誰かを殺したために、その身内から命を狙われている者のことだ。

この時代――仇討ちは最高の美徳であった。

武士階級にとって美徳であることは勿論《もちろん》、町人百姓であっても、親の仇討ちをしたと言うと褒《ほ》め称《たた》えられる。

仇討ち免許状がなくても、事実関係が確認できれば、町奉行所に捕らえられたり処罰されたりすることは、なかった。それどころか、褒美が出ることさえあるのだ。

だから、庶民も、「親の仇敵を追っている」という者がいると、無条件で味方をするほどである。

これほど仇討ちが賞賛されるのだから、逆に仇敵持ちの方は、世間から爪弾《つまはじ》きにされた。

この時代の人々にとって、仇敵持ちは悪の権化のような印象になっている。

評判の悪い浪人者などがいると、「あいつは仇敵持ちじゃねえのか」と陰口を叩かれるほどだ。

世間に仇敵持ちだと知れると、仕事を失うのみならず住居すら借りられなくなり、身の置き場がなくなってしまう。

御崎源三郎が、自分は仇敵持ちだ——と打ち明けたのを聞いて、次郎兵衛が驚《きょう》愕《がく》したのも当然なのであった。

源三郎は、次郎兵衛が知る限りで最高の人格者なのであり、仇敵持ちの極悪人だとは到底、考えられない。

「無論、理由はある」

沈んだ声で、源三郎は言った。

「先生。その理由を是非、お聞かせいただきとう存じます」

「わかった——」

御崎源三郎は、本当の名を南弦史郎《みなみげんしろう》という。

五年前——弦史郎は、西国の浦波藩《うらなみはん》七万二千石で馬廻《うままわ》り役を務めていた。

南家の家禄は八十石で、父も祖父も同じ役職であった。

軽輩ではあるが、弦史郎は、城下でも無尽流《むじんりゅう》の遣《つか》い手《て》として知られていた。

ある夜、弦史郎は、藩の目付である五十川頼母《いそかわたのも》の屋敷に呼び出された。

そして、頼母から、「これは、上意じゃ。勘定方《かんじょうかた》の笹山兵右衛門《ささやまひょうえもん》を斬れ」と命じられたのである。

兵右衛門は、上司である勘定頭《がしら》・栗原左近《さこん》の妻・比和《ひわ》と不義密通をはたらいている。だが、それを表沙汰《おもてざた》にすると御家《おいえ》の恥になるので、密かに処断することに決まったのだ――と頼母は説明した。

親交はないが、笹山兵右衛門は謹厳実直《きんげんじっちょく》で評判のよい人物である。納得できないものを感じたが、五十川から事情を聞いてしまった以上、弦史郎に拒否する自由はない。

数日後の夜――弦史郎は、知人の屋敷から自宅へ帰る途中の笹山兵右衛門に、「笹山殿。上意である」と声をかけてから、斬った。

地面に叩きつけられた兵右衛門の唇がわずかに動いて、すぐに停止した。「何《なに》故《ゆえ》に……」と言ったように見えた。

使命を果たした満足感よりも、後味の悪さの方が大きかった。

それでも弦史郎は、兵右衛門を斬ったことを報告すべく、その足で五十川頼母の屋敷へ向かった。

ところが、その屋敷の門前で、突然、町奉行所の役人や捕方が出て来たのである。

「南弦史郎。その方は、先ほど辻斬りをいたし、金品を奪ったであろう。見ていた者がいるのだ。神妙にいたせ」

御用提灯《ちょうちん》に囲まれた弦史郎は、あまりのことに愕然《がくぜん》とした。

「違う、あれは上意討ちだ。お目付の指示でやったことだっ」

そう叫んでも、誰も聞いてはくれない。

襲いかかる刺叉《さすまた》や突棒《つくぼう》を斬り飛ばして、弦史郎は逃走した。

「お目付の五十川様は、私を見殺しにした。が、それを私が言い立てても、上意討ちだったという証拠は何もない。口頭で命じられただけで、命令書をもらったわけではないからな。私としては、逃げるしかなかった」

弦史郎は自分の屋敷に戻る暇もなく、そのまま、脱藩したのである。

大した所持金もなかったが、幸いにも途中の宿場で祖父の形見の印籠《いんろう》が五両という高値で売れたので、路銀《ろぎん》はできた。

「その印籠に付けていた福禄寿《ふくろくじゅ》の根付《ねつけ》は、私の父の傑作だった。前にも話したように、父は根付作りを家計の足しにしていたのでね」

「なるほど」

「それで路銀はできたものの、私には行くあてがない」

辻斬りの濡れ衣を着せられて、犯罪者にされた以上、弦史郎は浦波領に戻れないし、江戸へ出ることもできない。

浦波藩江戸屋敷には、弦史郎の顔を知っている国許《くにもと》からの藩士も、勤務しているからだ。

それに、斬った笹山兵右衛門の一族が、仇討ちのために彼を捜しているだろう。

だから、弦史郎は、他領の親戚縁者や知人を頼ることもできなかった。笹山一族の者が、それらの家を見張っている可能性が高いからだ。

「先生が本当の仇敵持ちではないとわかって安堵しました。このことは、決して他言いたしません。ですが、その濡れ衣を晴らす方法がないというのは、理不尽にもほどがありますなあ」

歯がゆそうに、次郎兵衛が言う。

辻斬りの汚名を着せられて仇敵持ちとなった南弦史郎は、流浪の旅を続けた。

そして、中仙道《なかせんどう》の追分宿《おいわけしゅく》で出逢った女から、薬草の見分け方や生薬《しょうやく》にする方法などを教えてもらったのである。

「その御《お》方《かた》は」

「死んだ。病死だった」

淡々とした口調の源三郎だった。

だが、次郎兵衛は、その声音《こわね》の奥に深い悲しみがあるのを感じた。

「先生が妻帯なさらないのは……濡れ衣のことは別にして、その亡くなった御方《おかた》が理由なのでは」

「そうだな。あの女は……千代《ちよ》は私の恩人であり、心の妻なのかもしれない」

源三郎は、遠い眼差《まなざ》しでそう言う。

「千代の弔《とむら》いを済ませてから、私は追分宿を出て、あてもなく中仙道を下った。その途中で、名主殿とお逢いしたのだ。もしも、千代が病死していなければ、名主殿の危難の時に私が通り合わせることは、なかっただろう」

「そういう巡り合わせでございましたか」

次郎兵衛は、深く感動したようであった。

「先生が大滝村に住まわれたのは、その御方のお導きのような気がしますなあ」

「私も、そう思っている」

南弦史郎——御崎源三郎は、家から出る時に必ず脇差を帯びて菅笠《すげがさ》を被る。

脇差は、いつ襲われても反撃できるようにである。

菅笠は、なるべく顔を人に見られないようにするためだった。

酒を一合でやめるのも、酩酊して警戒心が鈍らないようにである。

毎朝、素振りを欠かさないのも、剣の腕を鈍らせないためだ。

私の名も住居も先方には明かさぬように、人の多いところが苦手だから江戸へ出る気はない――と吾妻屋徳右衛門《あづまやとくえもん》に言ったのも、全て、源三郎が仇敵持ちだからである。

名主屋敷を出て隠居所に住んだのも、万一、相手の斬りこみがあった時、次郎兵衛たちを巻き添えにしないためであった。

妻《めと》も娶らず、世捨て人のように川越領の片隅で、ひっそりと生きる――それが、御崎源三郎の願いだった。

「しかし、その暮らしも今日限りだ」

「と、申されますと？」

「明日、私は江戸へ出る」

「それは……」

次郎兵衛は驚いたが、すぐに思い当たったらしい。

「お光《みつ》のことでございますな」

「そうだ。お光を捜しに行く。もしも、女衒《ぜげん》の手にかかって遠国に売り飛ばされたのだとしたら、そこへ行って連れ戻してやるつもりだ」

「しかし……お光が消えたのは、先生の責任ではございませんが。あまりにも、ご自分に厳しすぎるような気がいたします」

「わかっている」と源三郎。

「だが、お光が女衒に売られたのかもしれないと思うと、私は放っておけない」

「はあ……」

理解しかねる顔で、次郎兵衛は、源三郎を見つめる。

「そうだな、これを言わねばわからんだろうな」

寂しげな笑みを浮かべる、源三郎であった。

「私が心の妻と思っている千代は——騙されて女衒に売り飛ばされ、不幸のどん底に堕《お》ちた女でね」

「……左様でございましたか」

つまり、源三郎に薬草のことを教えて病死した女というのは、遊女だったのだろう。

「だから、私は、お光が女衒に売られたのではないかと聞いた以上、見過ごすわけにはいかないのだ」

「お気持ちはわかりました」

次郎兵衛はうなずいた。

「ですが江戸へ出ると、先生は、浦波藩の方々に会う怖れがあるのでは」

「外では、菅笠は取らぬようにするよ」源三郎は言った。

「百万からの人が住んでいる江戸だ。そう簡単には、私の顔を知っている者に遭遇しないと思う。四谷《よつや》の藩邸には近づかないようにするし」

「わかりました。お止めしても無駄のようですから、ただ、ただ、先生のご無事のお帰りを祈るだけです」

次郎兵衛は、丁寧に頭を下げる。

「忝《かたじけ》ない」

源三郎も頭を下げた。

「ですが、先生」

次郎兵衛は、柔らかい笑みを浮かべて言う。

「今、お新に酒を運ばせますから、今夜だけは一合で終わりとはおっしゃらないでください。よろしいですね」

二

翌朝——夜明けとともに、御崎源三郎は川越宿を発《た》って、川越街道を江戸へ下った。江戸までの距離は十一里弱である。

源三郎は菅笠《すげがさ》に濃藍色《こあいいろ》の着流し、腰には大小を差している。

いつもの筒袖《つつそで》に裁着袴《たつつけばかま》という世捨て人風の服装に比べると、別人のように精悍《せいかん》に見えた。

お光を捜し出す——という決意に燃えているせいもあるだろう。

懐《ふところ》には、今まで根付《ねつけ》細工で貯めた三十両ほどの金があるから、活動費の心配はない。

(お光……生きていれば必ず、助け出してやる。もしも、すでにこの世の者でなければ……私が仇敵《かたき》は討ってやるぞ)

源三郎は姫割《ひめわ》りの三日目、つまり、お光が女になった日のことを思い出していた——。

破華《はか》の結合を解くと、源三郎は、桜紙で後始末をした。

女になったお光の股間も、丁寧に拭ってやると、

「先生。今度は、あたしも先生に気持ちよくなってもらいたいの。どうすれば、いいですか」

真剣な顔で、お光が言った。その顔には、一人前の女になった——という自信のような色も見える。

「では、手で私のものを握ってみなさい。それを、擦《こす》りたてるのだ」

源三郎は胡座《あぐら》をかいた。

「こうですか」

柔らかくなった肉根の茎部を、お光が右手でつかむ。そして、ゆっくりと手を上下に動かした。

吐精した直後にも関わらず、すぐに血液が流れこんで、肉根は膨らんだ。

半勃ち状態だが、それでも並の男性のそれよりも巨《おお》きい。

「わあ……本当に大きくなるんですね」

生まれて初めて、男根が勃起する様子を見て、お光は目を丸くする。それから、ふと気づいたように、

「先生は、あたしの秘女子を舐めてくれたでしょう。あたしも、先生のお珍々を

舐めてもいいですか」

「頼む」

健気《けなげ》な申し出に、源三郎は微笑《ほほえ》んだ。

許可を得たお光は、聖液のにおいのする男根の先端に顔を近づけた。

舌先で、玉冠部《ぎょくかんぶ》を舐める。

「どうだ、不味《まず》いだろう」

「苦くて……煎《せん》じ薬みたいな味です。においは、草を磨《す》り潰《つぶ》したみたい」

お光は顔をしかめたが、

「でも、苦くても先生のだから美味《おい》しいです。もっと、舐めます」

再び、舌を伸ばした。玉冠部のみならず、茎部も舐める。

拙《つたな》い技巧だが、源三郎に奉仕したいという本物の愛情がこもった舌技であった。

その刺激によって、男根は、さらに膨れ上がった。

反りかえった肉の凶器の寸法と硬度に、お光は心底、驚いたようだ。

「こんなに巨きなものが、あたしの中に入ったんですか。そんなに秘女子が……」

緩いんですか――という言葉を、お光は、さすがに口にしかねたようだ。

「女のそこからは、赤ん坊も出て来るからな。お前のそこが、大きすぎるわけではない」

「はあ」

まだ納得しかねる顔で、お光は巨根を見つめている。

「そんなに不思議なら、入るか入らぬか、試してみようか」

源三郎は、お光を押し倒した。お光は、嬉しそうに彼にしがみつく。

舌の奉仕をしているうちに、お光の花園は適度に濡れていた。

そこに玉冠部を密着させると、十八娘の軀《からだ》が少し固くなっているのがわかった。

完全に屹立《きつりつ》した巨根を見てしまったので、お光は、緊張しているのだ。

「お光。息を深く吸って、ゆっくりと吐いてみなさい」

「はい――」

言われた通りにしたお光の五体が緩んだところで、源三郎は女門に突入した。

「あっ」

お光が驚いた時には、蜜壺の奥まで男根が侵攻している。

「どうだ、入っただろう」

「せ、先生……」

喘《あえ》ぎながら、お光が言う。

たのだ。

「何か…もう……たまらないから、何とかしてくださいっ」

巨大な男根を挿入されたことで、お光は、全身の快楽神経に火がついてしまったのだ。

初体験を終えたばかりなのに、この反応のよさは、やはり女として軀が成熟していたからだろう。

「よし。さっきよりも、もっと気持ちよくしてやるからな」

そう言って、源三郎は、ゆっくりと動き出した。

新鮮な十八娘の蜜壺に、巨砲を抜き差しする。

無理をしないように気をつけながら、源三郎は、お光の女器を責めた。

明日、両親が迎えに来れば、もう二度と先生に抱いてもらうことはない——それを知っているお光だから、乱れに乱れた。自ら大胆に臀《しり》を振るほどであった。

心中前の男女は、局部が爛《ただ》れるほど激しく交わるという。後がないからだ。お光も、似たような心境だったのだろう。

やがて、源三郎が二度目の精を放つと、お光も絶頂に達した。

結局——お光が求めるままに、翌朝までに二人は四度も交わったのである……。

三

川越街道は、川越の先が大井宿、次が大和田宿、そして、膝折宿《ひざおりしゆく》、白子宿《しらこ》、下《しも》練馬宿《ねりま》と続き、中仙道の上板橋宿に至る。

上板橋宿の次が、板橋宿。その次が五街道の起点である日本橋だ。

普通の男性の足ならば、夜明けに川越を発《た》って、板橋宿に着くのは日暮れ時だろう。

だが、健脚の源三郎は、未《ひつじ》の上刻《じようこく》――午後二時近くには、板橋宿を通過していた。

昼餉《ひるげ》は、上板橋宿の一膳飯屋で済ませている。

（話には聞いていたが、どこまで歩いても町並みが終わらないとは……）

初めて見る江戸の風景に圧倒されながら、源三郎は、何度か道を聞いた末に、ようやく不忍池《しのばずのいけ》に辿り着いた。

広大な池の面を埋め尽くした蓮の花の盛りは過ぎているが、その上を渡って来る風は涼しい。

桔梗《ききょう》は、池の畔《ほとり》に並んでいる料理茶屋では、中規模の構えであった。その店の周囲を一回りしてから、

（さて――どうするか）

通りの反対側にある掛け茶屋の縁台に、源三郎は座った。

そこから、茶を飲みながら桔梗を眺める。菅笠《すげがさ》は被ったままだ。

真正面から桔梗に乗りこんで問い質《ただ》しても、女将《おかみ》のお仲《なか》は「お光の行方なんか知らない」と言い張るだろう。

お光の身内でもない源三郎が、あまり執拗に追及すると、御用聞きを呼ばれる怖れがある。

だが、源三郎は、お光の失踪には女将のお仲が絡んでいると確信していた。

陰日向なく働くいい女中が突然、消えたのであれば、まともな雇い主なら心配するはずである。

それを、父親と兄が尋ねて行っても、厄介払いでもするかのように冷たく応対するのは、真相を隠している証拠であった。

この辺りの料理茶屋は、出合茶屋を兼ねていることが多いという。

出合茶屋とは、現代でいうところのラブホテルで、男女が密会や情事のために

利用する店である。

それと、料理茶屋ではあるが、客が私娼《ししよう》を呼べる仕組みになっている店もあった。

(あの店では、女中に客をとらせているのではないか)

それが、源三郎の推理であった。

お光は客に軀《からだ》を売ることを拒否した。それで、他の女中に対する見せしめのために、女衒《ぜげん》に売り飛ばされたのではないか。

(いっそのこと、女将が外出したら、捕らえて責め問いをしてみるか)

責め問いとは、拷問《ごうもん》のことである。そんな物騒なことまで考えている源三郎であった。

「……ん?」

源三郎は、眉《まゆ》をひそめた。

桔梗の左側の路地から、三十前くらいの女が出て来たのである。

その路地は行き止まりだから、桔梗の裏口から出て来たのに違いない。

年格好からして、女中だろう。痩せているが、目鼻立ちは整っていて大きめの口が色っぽい。

その女は、周囲を見まわしながら、足早に湯島切通町《きりとおしちょう》の方へ歩いて行く。

源三郎は、茶代を縁台の上に置いて、立ち上がった。

その女の後を、源三郎は尾行《つけ》る。上手に持ちかければ、女から何か聞き出せるかもしれない――と思ったのだ。

女は、質屋の看板が出ている店へ入って行った。

源三郎は、その質屋の前を通り過ぎて、少し離れた路地の中に入る。

しばらくすると、店から女が出て来た。

先ほどまで挿《さ》していた珊瑚玉《るりだま》らしい簪《かんざし》が、なくなっていた。質入れにして、金に換えたのだろう。

強《こわ》ばった顔つきで、女は路地の前を通り過ぎた。

源三郎は、さりげなく路地から出て、再び女の後を尾行する。

女は、延寿寺根生院《えんじゆじこんしょういん》の山門を潜って境内へ入って行った。延寿寺は寛永年間の開山で、真言新義《しんごんしんぎ》江戸四ヶ寺の一つである。

本堂の左側にある小さな稲荷社の方へ、まっすぐに歩いてゆく。

すると、稲荷社の陰から、四十絡みの堅気には見えない男が出て来た。年季の入った漁師のような、赤銅色《しゃくどういろ》の肌をしている。

その男は、無言で顎《あご》をしゃくって、本堂の裏手へと女を誘う。

源三郎が、本堂の角まで行ってみると、

「もう、これっきりにしてっ」

押し殺した女の声がした。その声は、裏手に広がる林の中から聞こえるようだ。

「何だ、掻き集めて二両ぽっちかよ。お絹《きぬ》。えらく、しけてるじゃねえか」

「御母《おっか》さんの形見の簪まで売ったのよ。それで、今のあたしには精いっぱいなの」

血を吐くような声で、お絹という女が言う。

「お願いだから、あたしに付きまとわないで」

「そうはいかねえさ。この五郎蔵《ごろぞう》様は、おめえの亭主だからな」

五郎蔵という男の口調は、まるで、猫が鼠《ねずみ》をいたぶるような感じであった。

「別れた亭主よっ」

「いや、離縁の三行半《みくだりはん》は書いちゃいねえ。俺が島送りになってる間に、おめえが勝手に長屋を出て行方をくらましただけだ。ご赦免《しゃめん》で島から帰ってから、おめえを見つけるのに苦労したぜ。あの桔梗に、住みこみで働いているとはなあ」

「……………」

「大事な女房が世話になってるんだ。女将さんにご挨拶しねえとな。島帰りの亭主でございます、と」

「やめてっ」

「四年の島暮らしは地獄だった。今の俺は、頭に来たら付火《つけび》でも殺しでも何でもやらかすぜ」

「そんな怖ろしいこと……」

お絹は息を呑んだようだ。

「店の銭函《ぜにばこ》からでも何でも掻っさらって、金を持って来い。厭《いや》だと言うなら、とりあえず、小指の爪を剝《は》いでやろうか」

「い、厭っ」

そこまで聞いて、源三郎は、林の中へ飛びこんだ。

林の奥で、五郎蔵が左手でお絹の手をつかんでいた。右手で匕首《あいくち》を構えている。

「何だ、てめえはっ」

五郎蔵が吠えた。

車引きの権太《ごんた》もそうだが、心に疚《やま》しいことがある連中ほど、派手に吠えるのだ。

「無法な真似はよせ」

源三郎が近づいて行くと、五郎蔵は彼の方に向き直った。

「やろうってのか、こらっ」

相手が誰か確かめもせずに、いきなり、匕首を腰だめにして突っこんで来た。まるで、狂犬である。こいつなら、放火も本気で実行しそうだ。

源三郎は右足を引いて軀を開き、匕首をかわした。

相手の右手首を左手でつかむと、右の拳《こぶし》を脾腹《ひばら》に叩きこむ。

「うぐっ」

五郎蔵の動きが止まった。

源三郎は、左足を斜め前に出して軀を回しながら、右腕を相手の左腕に絡みつかせる。

そのまま、右腕を持ち上げて極《き》めると、相手の腕が、不気味な音を立てた。肘《ひじ》関節が折れたのである。

「ぎゃっ」

濁った悲鳴を上げて、五郎蔵は、匕首を取り落とした。

源三郎は、その右の親指を右手でつかむと、あっさりとへし折る。

「お、折りやがった……俺の指、腕……」

あまりの激痛に、五郎蔵は、目玉が眼窩《がんか》からこぼれ落ちそうであった。

「去れっ」

大刀《だいとう》の鯉口《こいぐち》を切って、源三郎は言った。

「今度、その姿を見かけたら、素《そ》っ首《くび》を叩き落とすぞっ」

「ひえぇっ」

五郎蔵は転げるようにして、逃げ出した。

「大丈夫か、怪我はないか」

お絹に声をかけると、女の軀が、ぐらりと傾《かし》いだ。

「おっと」

源三郎は、お絹の軀を抱き止めてやる。

極度の緊張状態から解放されたせいだろう。女は、半ば失神状態であった。

痩せてはいるが、要所要所には女らしく肉がついていることは、着物の上からでもわかる。

「困ったな、これは……」

年増女《としまおんな》をかかえたまま、戸惑う源三郎であった。

第五章　地獄屋敷

一

「本当に、御礼の申し上げようもございません」

お絹《きぬ》は、御崎源三郎《みさきげんざぶろう》の猪口《ちよこ》に酒を注《つ》ぎながら、言った。

「ご浪人様に助けていただかなかったら、あたし、本当に五郎蔵《ごろぞう》に生爪を剥《は》がされていたかもしれません。あいつ、ただの脅しではなく、平気で酷《むご》いことをする残忍な男なんです」

「では、左腕だけではなく、右の親指も折っておいて、よかったのかな」

猪口を干して、源三郎は言う。

そこは――延寿寺《えんじゆじ》の近くにある蕎麦屋《そばや》〈つの田《だ》〉の二階であった。

源三郎は、歩くこともできないお絹をここへ連れて来て、「しばらく休ませてくれ」と二分金《にぶきん》を渡したのである。

浦波藩《うらなみはん》の江戸勤番から国許《くにもと》へ戻って来た連中から、「江戸では、蕎麦屋の二階でも密会している男女がいる」と聞いたことがあったからだ。

案の定、店の者は心得顔で、酒と白魚《しらうお》の天麩羅《てんぷら》の簡単な膳を二つ運んで来ると、「御用があったら呼んでください」と言って階下へ退《さ》がった。

つまり、客の方から呼ばなければ、店の者は来ない――という意味である。

しかも、酒肴《しゅこう》の膳と一緒に持って来た始末紙の箱を、さりげなく座敷の隅に置いて行く細やかさだ。

この座敷に入って、ようやく落ち着いたお絹は、早速、銚子をとって源三郎に酌をした。これも、商売柄というものだろう。

「付火《つけび》をするとか言っていたからな。しばらくは、両手が利かないようにした方がよいと思ったのだ」

「あら」

お絹は銚子を宙に浮かせたまま、源三郎を凝視した。何度か瞬《また》きして、

「ご浪人様……たまたま、あそこを通りかかって、あたしの悲鳴が聞こえたんじゃないんですか」

どうして、そんなに前から自分と五郎蔵の会話を聞いていたのか――という疑惑の表情である。

「そうではない」

源三郎は空いた猪口を膳に戻した。

最初は適当な口実で騙して、お絹の口を割らせるつもりだった源三郎である。

しかし、この蕎麦屋へ連れこんだ時には、そういう駆け引きをする気持ちは消えていた。

悪党の前夫のために辛酸《しんさい》を舐めている女に、お光《みつ》のためとはいえ、嘘を言うことはできない源三郎なのであった。

「実は私は、お前が桔梗《ききょう》から出て来るのを見かけて、尋ねたいことがあって追っていたのだ。ところが、私が話しかける前に、あの五郎蔵が出て来てな。仕方なく、本堂の裏手でお前たちの話を立ち聞きしてしまったというわけだ」

「あたしに、尋ねたいことって？」

まだ警戒心を解いていない顔で、お絹は言う。

「他でもない、お光という女中のことだ」

「お光ちゃんのこと……」

銚子を膳に置いたお絹は、まじまじと源三郎の顔を見つめていたが、「あっ」と小さく叫んで、

「ひょっとして、ご浪人様は御崎源三郎先生では」

「その名は、お光に聞いたのか」

「ええ、そうですとも」

一転して、笑顔になったお絹は言った。

「御崎先生の名を口にする時のお光ちゃんの顔といったら、もう……ふふ、ふ。蕩《とろ》けるような甘ったるい顔つきになって」

お絹は、高麗鼠《こまねずみ》のように一生懸命に働くお光に好感を持ち、先輩女中として何くれとなく面倒を見てやった。

そうすると、お光の方も「姐《ねえ》さん」、「姐さん」とお絹を頼りにしてきて、自然と二人は親しくなったのである。

ある時、お絹が女同士の気軽さから、

「お光ちゃん。あんたは男を識《し》ってるようだけど、相手はどんな人だったたんだい。あたしみたいに、悪い男に無理矢理に押し倒されたんじゃないだろうね」

遠慮のない明《あ》け透《す》けな表現で、お光に訊いたのだそうだ。

　すると、お光は首を横に振って、

「違います、お絹姐さん。あたしを女にしてくれたのは、とっても立派なご浪人様。村の姫割《ひめわ》り役の御崎源三郎先生なの――」

　恥じらいながら、そう答えたという。

「そうか。お光がそんなことを言っていたのか」

「ええ。とっても優しく女にしてもらったって……あたし、羨《うらや》ましかったわ」

　源三郎に、まるで怨《えん》ずるかのような色っぽい流し目をくれる、お絹であった。

　そんな姿態《したい》をすると、さすがに二十九歳の女盛りだけあって、全身から男を誘うような色香が陽炎《かげろう》のごとく立ちのぼる。

　前夫の五郎蔵がお絹に執着しているのは、金のためだけではなく、この熟れた色香にも未練があるのではないか。

「そのお光がどこへ行ったのか、教えてもらいたい」

「そ、それは……」

　お絹は、目を逸《そ》らしてしまう。何かを怖れている顔つきであった。

「頼む。あれの母親も、死ぬほど娘の身を案じているのだ」

「姫割り役って……」

目を逸《そ》らしたまま、お絹が、ぽつんと呟《つぶや》いた。

「そんなに親身になって、後々まで面倒を見てくれるんですね。たった一度、抱いただけの娘なのに。わざわざ、川越から江戸まで出て来るなんて……本当に羨ましすぎて、ちょっと妬《ねた》ましいくらい」

「……」

「御崎先生」

お絹は顔を上げて、源三郎を見つめる。

「あたしは十六の時に、五郎蔵に無理矢理手籠《てごめ》にされたの。大事なところを突き破られて痛くて泣き叫んだら、うるさいと言って拳固《げんこ》で思いっきり頬を殴られました。だから、こっちの奥歯が一本、欠けてるんです」

「………」

「殴られて、あたし、気が遠くなってしまいました。そして、死んだようになったあたしを、五郎蔵は一晩中、何度も何度も犯して……大事な大事な初めてのことが、そんな悲惨な女もいるんですよ」

「それは気の毒だったな」

源三郎は眉《まゆ》をひそめた。

「同情してくださるなら……先生。あたしを抱いてっ」

　お絹は、源三郎の腕にすがりついた。

「色んな男に散々に玩具《おもちゃ》にされて、とっくに生娘《きむすめ》じゃないけど……あたしも、お光ちゃんみたいに優しく抱いてください。そしたら、何でもお話ししますっ」

　その目には、涙が滲んでいた。

「――よかろう」

　源三郎が唇を重ねると、お絹は細い腕を男の首にまわして、夢中で舌を絡めて来る。

　取引が目的で、承知したわけではない。

　源三郎は、不幸な男性体験しか持たないお絹に心から同情して、一時の安らぎを与えてやろう――と思ったのである。

　舌先で、女の口腔《こうこう》をまさぐってみると、確かに左の奥歯が欠けていた。

　源三郎が帯に手をかけると、お絹は腰を浮かせて協力した。

　お絹を水色の下裳《したも》一枚の半裸にすると、彼も着物を脱ぐ。

　骨細の華奢《きやしや》な体格のお絹だが、着物の上からの感触の通り、胸と臀《しり》は豊かであった。乳頭は小豆色《あずきいろ》をしている。

白い下帯《したおび》一本になった源三郎は、その乳頭に唇を寄せて、静かに吸った。

「あっ…あぁ……」

それだけで、お絹は甘い呻《うめ》き声を上げて、身悶《みもだ》えした。

源三郎は、両方の乳房を唇と舌と歯で愛撫しながら、右手で下裳を割った。

細めの内腿《うちもも》を撫で上げる。脂がのった滑らかな肌だ。

内腿の付け根に到達すると、そこにある花園は、しとどに濡れている。肉の花弁が充血して、膨らんでいた。

感触からして、恥毛は亀裂に沿って帯状に生えているようだ。細くて、しゃりしゃりしている。

花園の内庭に指を遊ばせると、ぬるりと花孔の中に吸いこまれた。

「先生、お願い……入れて、ぶちこんでっ」

優しく丁重に扱われることを望んだお絹であったが、早急な結合を希望する。

「よしよし」

源三郎は、その願いを叶えてやることにした。

最初の願いと矛盾していても、要は、お絹の気持ちが大事なのである。

源三郎は、下裳の紐を解いて、それを取り去った。

お絹の熟れた肉厚の花弁は、暗赤色《あんせきしょく》をしていた。その内部は秘蜜に濡れて、光っている。

そして、源三郎は、己《おの》れの下帯も外した。

すると、お絹が右手を伸ばして、彼のものに触れる。

「あら……まだ柔らかいのに、こんなに巨《おお》きいのね」

そう言いながら、お絹は逆手で、男根を擦《こす》った。

年増だけあって、巧みである。お絹は右手で茎部を擦りながら、左の掌《てのひら》で玉冠《ぎょくかん》部《ぶ》も撫でまわしていた。

たちまち、源三郎の男根は正体を露《あら》わにした。

「凄い……」

驚いて、お絹は息を弾ませた。

「こんなに巨きくて、硬くて、びくん、びくんって脈打ってる……五郎蔵なんかとは比べものにならないくらい、逞《たくま》しいお珍々だわ」

「今から、お前のものになるのだ」

「は、はい……お願いします」

お絹は、うなずいた。巨砲から手を離して、男の広い背中に腕をまわす。

源三郎は、腰の位置を直した。

その先端を、濡れそぼった花園に密着させる。

角度を調整して、ゆっくりと二十九歳の秘部を貫いた。

二

「おァァ……………っ」

かつて経験したことのない巨大な肉塊《にくかい》の侵入に、お絹は叫んだ。

熟れた暗赤色の花園に、長大で極太の男根が根元まで没した。

女壺《にょつぼ》の肉襞《にくひだ》と巨砲が紙一枚の隙間《すきま》もないほど、密着している。

色んな男に散々に玩具《おもちゃ》にされた——と捨て鉢《ばち》に言ったお絹だが、肉襞はまだ摩滅していなかった。

内部で行き場のなくなった透明な愛汁《あいじゅう》が、結合部から溢れ出ている。

「どうだ、辛くはないか」

「平気です……」

喘《あえ》ぎながら、お絹が言う。

「だけど、お腹まで突き破られそうなほど巨《おお》きい……こんな凄いもので生娘《きむすめ》の新《あら》鉢《ばち》を割って、怪我もさせないなんて……本当に先生はお上手で、優しいのね。惚れてしまいそう……」

　そう言って、お絹は、源三郎に接吻する。

「でも、あたしは年増《としま》だから、最初から遠慮なく責めてもらっても、いいんですよ……あら」

　お絹は、恥じらう表情になった。

「でも、責めて欲しいからって、あたしは淫乱でも阿婆擦《あばずれ》れでもないの。先生が、あんまり素敵なもんだから」

　あわてて、言い訳をする。

「わかっているよ、お絹さん」

　今度は、源三郎の方から、お絹の上瞼《うわまぶた》に口づけをした。

「お絹さんのここが、私のもので喜んでいるのがわかる。もっと、喜んでもらうことにしよう」

「先生……」

「だけど、痛みがあったら、我慢しなくてもいいのだよ」

「はい、わかりました」

結合したままで、お絹は童女のように、こくんとうなずいた。

「先生、お絹って呼び捨てにして」

「よし、わかった」

源三郎は、ゆっくりと波打つように腰を使い始めた。

後退する時には、丸々と膨れ上がった玉冠部の縁《ふち》が、肉襞を逆撫《さかな》でする。

「お、ああ……ひぐっ」

肉襞が逆撫でされて、次に奥の院まで深く突かれる——その快感に、お絹は酔った。

源三郎は余裕たっぷりに、お絹を愉《たの》しませる。

お光の破華《はか》の時も勿論《もちろん》だが、源三郎は自分の快楽よりも、相手を陶酔させることを優先させて交わっているのだった。

「こんなの初めて……んぐっ、溶けそう……もっと…もっと、突きまくってっ」

乱れに乱れたお絹の快楽曲線が急上昇し、ついに、頂点に達した。

源三郎は、それに合わせて勢いよく放つ。

四肢《しし》を震わせて、お絹は失神した。その全身が、水を浴びたように汗にまみれている。

熟れた肉壺の締め具合を充分に味わってから、源三郎は、手拭いでお絹の汗を吸い取ってやった。彼女に体重をかけないように、気をつけながらである。

その手拭いの感触に、お絹がゆっくりと目を開く。

「先生……」

大きめの口に満足げな笑みを浮かべて、お絹が掠《かす》れ声で言った。

「あたし……今、生まれて初めて本当の女になったような気がします」

「そうか。お絹が喜んでくれて、私も嬉しい」

「今度は、あたしが……」

お絹は手を伸ばして、始末紙の箱を引き寄せた。

そして、柔らかく揉んだ始末紙を結合部にあてがう。

「仰向《あおむ》けになって」

源三郎が言われた通りにすると、女壺から男の精が垂れないように気をつけながら、お絹は結合を解いた。

股間に丸めた始末紙をあてがって、内腿《うちもも》で挟む。

それから、お絹は、半勃ち状態の肉根を左手でつかんだ。肉根は、愛汁と聖液で濡れている。

「浄《きよ》めさせていただきます」

お絹は、肉根を咥《くわ》えた。そのまま、根元近くまで呑む。

頭を前後に動かして、男根を浄めてゆく。

自分の両手を重ねて枕とした源三郎は、お絹の奉仕の様子を眺めた。

手技も巧みだったが、お絹の唇と舌の使い方は、さらに巧みであった。

「上手だな、お絹は」

源三郎が褒めると、お絹は男根を頬張ったまま、目で微笑《ほほえ》んだ。

吐精して半勃ちになっていた肉根は、すぐに復活して、雄々《おお》しくそそり立つ。

お絹の唾液に濡れて、てらてらと黒光りしていた。

「何て立派なお珍々なんでしょう」

うっとりした声で、お絹は言った。

「こうやって間近に見たら、本当に惚れ惚れするわ。一晩中でも、しゃぶっていたいくらい」

胴体に頬ずりしたお絹は、その根元にも口づけする。

そして、重々しく垂れ下がった玉袋を、鼻の先でくすぐるようにしてから、舌を這わせた。

右手で巨砲を擦《こす》り立てながら、お絹は玉袋を舐めたり、瑠璃玉《るりだま》を口に含んで転がしたりする。

そんな献身的な愛撫を続けているうちに、お絹は、我慢できなくなったらしい。

「もう一度だけ……可愛がってくださいますか、先生」

切なそうに訴える、お絹だ。

「よいとも」と源三郎。

「今度は、お絹が上になるがいい」

「え……こうですか」

騎乗位には慣れていないのか、少し不安そうに、お絹は男の腰の上に跨《また》がった。

今まで、乱暴に男に組み敷かれる性交ばかりだったのかもしれない。

お絹は、排泄の時の姿勢になる。

「自分で入れてみなさい」

「はい」

お絹は男根を右手で持ち、自分の亀裂にあてがった。

そして、まろやかな臀《しり》を落として、それを呑みこむ。

「んぅ……ぅ……」

真下から巨根で貫かれるのは、正常位の時とは別の圧迫感があるのだろう、お絹は、眉間《みけん》に縦皺《たてじわ》を刻んだ。

だが、巨砲の根元まで呑んでしまうと、男の胸に両手をついて、大きく息を吐いた。

「何だか、串刺しになってるみたい」

そう言って、お絹は泣き笑いのような表情になる。

源三郎は、女の両手に自分の指を絡めた。

そして、下から女の腕を支えてやるようにして、

「無理をせずに、自分で腰を動かすのだ」

「ええ」

お絹は、臀を上下に動かした。ぬぽっ、ぬぷっ、ぬぽっ……という淫《みだ》らな音がする。

「厭《いや》だわ」

お絹は羞《はず》かしそうに言って、臀の動きを止めた。

「あたしがお臀を動かしたら、こんな音がするなんて」

男が腰を動かして結合部から淫らな音を発するのは気にならないが、自分が動いて音が出るのは困るというのは、奇妙な心理であった。

「まるで、男に餓えきった後家《ごけ》さんみたいじゃありませんか」

「気にするな」

源三郎は、軽く突き上げてやる。

「あァっ」

「どんな音を立てようと、どんなに乱れようとも、この座敷にいるのは、我ら二人だけではないか」

「そう……そうですよね」

勇気づけられたように、お絹は臀を蠢《うごめ》かす。

最も快感の深くなる角度を探すように、斜めに動かしたり、回したりする。

汗に濡れた乳房が、臀の動きに同調して、たぷたぷと揺れていた。

源三郎の方は、お絹の反応を眺めながら、これぞという時に、突き上げてやった。

やがて、お絹は、二度目の絶頂に上りつめる。

同時に、源三郎は突き上げた。

それが止《と》どめの一撃となって、お絹は、頂点に達して仰《の》けぞった。

「――イイイっ」

源三郎が彼女の両手に指を絡めていなければ、お絹はそのまま、後ろ向きに倒れていたかもしれない。

頭を前に戻したお絹はそのまま、がっくりと男の胸に倒れかかる。

その細い軀《からだ》を、源三郎は抱きしめてやった。

年増女《としまおんな》の蜜壺が、不規則に痙攣《けいれん》している。

吐精していないので、源三郎の分身は硬度を保ったままであった。

「お絹、教えてくれ」

女の背中を撫でながら、源三郎は、その耳元に囁《ささや》く。

「お光はどうしたのだ。女衒《ぜげん》に売り飛ばされたのか」

「いいえ……」

気怠《けだる》げに、お絹は言った。

「可哀相《かわいそう》に、お光ちゃんは地獄屋敷へ連れて行かれました」

三

本所中之郷《なかのごう》、横川の畔《ほとり》に、その屋敷はあった。

大番頭を務める家禄六千二百石の旗本・近藤豊前守俊昌《ぶぜんのかみとしまさ》の別宅である。大名家でいえば、下屋敷にあたるものだ。

別宅といっても、七百坪を超える広さで、大滝村の名主屋敷以上だ。

原則として、幕臣で二百石以上、一万石未満を旗本という。さらに、三千石以上を大身《たいしん》旗本と呼んだ。

旗本は、大名と違って、多額の費用がかかる参勤交代などの必要がない。

そのため、大身旗本になると、その財政は下手な大名家よりも豊かであった。

六千二百石の旗本といえば、二万石くらいの大名家に匹敵するであろう。

旗本には、家中全般に目を配り奉公人たちを差配する用人《ようにん》という者がいるが、このくらいの大身になると、その上に家老がいる。

小日向《こびなた》にある近藤家の本屋敷の敷地は、二千三百坪である。だから、本所の別宅が七百坪でも驚くにはあたらないのだ。

「これが地獄屋敷か……」

横川の畔に立って、御崎源三郎は、近藤家別宅の塀《へい》を見つめていた。

夜更けなので、川沿いの通りに人影はない。

(この屋敷の中に、お光がいるのだ)

源三郎の眼は、猛々《たけだけ》しい光を帯びている。

――蕎麦《そば》屋の二階の座敷で、結合したままで源三郎は、お絹からお光失踪《しっそう》の真相を聞いた。

今月の半ば、桔梗《ききょう》に武家の客が訪れて、離れ座敷に入った。

四十半ばの、岩のように角張った顔の武家である。

その離れ座敷の担当になったお光が、料理の膳をかかえて座敷へ入った時、何かを踏みつけた。

それは、由緒ありげな古い銀煙管《ぎんぎせる》で、羅宇《らお》の部分が折れていた。

「許せぬ、そこへなおれっ」

その武士は激怒して、大刀《だいとう》の柄《つか》に手をかけた。

騒ぎを聞いて女将《おかみ》のお仲《なか》が離れ座敷に駆けつけると、客は、近藤家用人の石渡《いしわたり》兵庫《ひょうご》と名乗った。

折れた銀煙管は、近藤家の家宝で、五代将軍綱吉からの拝領物であるという。下谷《したや》の煙管職人に、手入れのため預けておいたのを、石渡兵庫が本日、引き取りに来た。

そして、手入れの具合を確認するために煙草入れから出したところ、誤って落としてしまった。

それを、お光が踏みつけて折ってしまったというわけだ。

「女中の身で、近藤家の家宝を踏みつけにした以上、それ相応の覚悟があろう。しかも、これは五代様からの拝領物。お前を手討ちにせねば、わしの一分《いちぶん》が立たぬ。お前を斬った上で、わしも主君への申し訳に、この場で腹を切るっ」

まくし立てる兵庫の前で、蒼白になったお光は、這い蹲《つくば》って詫びるだけであった。

「まあまあ、お武家様。田舎出の女中のしたことでございます。何とぞ、お慈悲《じひ》をもちまして、ご勘弁くださいまし」

お仲は愛想笑いと色気で、兵庫を懐柔《かいじゅう》する。

「勘弁ならぬっ」

「そこを何とか……この女中を成敗して、貴方《あなた》様までも腹をお召《め》しになったら、この一件は世間に知れわたります。そうしますと、近藤のお殿様もご無事では済みますまい」

「む……」

女将の指摘に、石渡兵庫は怯《ひる》んだ。

「お殿様のご家名に傷をつけないためにも、ここは、穏便《おんびん》に済ませてくださいませんか。幸い、煙管が折れたのを知っているのは、この場の三人だけ。この三人が口を閉じれば、この不祥事はなかったことになりましょう」

「だが、この煙管はどうする」

「その手入れした職人に頼んで、修理してもらうのです。修理代と口止め料は、この桔梗が立て替えさせていただきます」

「だが、この女中が外で喋ったら、どうするのだ」

「わたくしは誰にも話しません、誰にもっ」

お光は必死で言った。

「そこで、わたくしに提案がございます」

お仲が、にやにやしながら言った。

「煙管の修理と口止めで、まず、三十両はかかりましょう。その金をお光に払えと言っても、無理な話。ですから、十年間、近藤家のお屋敷に女中奉公させるのでございます。その十年分の給金で、三十両を相殺《そうさい》してはいかがで。お屋敷勤めの女中ともなれば、めったに外へ出る機会もなく、秘め事を洩らす心配もなくなりますが」

「うむ。さすが、女将だ。よく考えたな」

兵庫が満足げに、うなずく。

「あたし……お旗本の屋敷で奉公なんて……里《さと》の御父《おと》っつぁんとも相談してみないと……」

お光が渋ると、お仲が目を三角にして、睨みつけた。

「お光。女将のあたしが、これだけ骨を折って穏便に済ませようとしているのが、わからないのかい。本来なら、三十両どころじゃない。将軍様からの拝領物を、足で踏んで折っちまったんだからね。銭金《ぜにかね》で済む話じゃないんだ。お前だけじゃなく、里の親兄弟まで磔《はりつけ》になってもおかしくないんだよ。一家揃って、獄門にでもなるかいっ」

「女将さん、それだけは堪忍してくださいっ」

畳に額を擦りつけて、お光は詫びた。

「じゃあ、納得したんだね。秘密を守るために、この場からすぐにお屋敷へ行くんだよ、いいね」

こうして、お光は着の身着のままで駕籠《かご》に乗せられて、石渡兵庫とともに去ったのである。

離れ座敷の裏にいて、お絹は、騒動の一部始終を立ち聞きしたのであった。

後になってから、お絹は素知《そし》らぬふりで、帳場の女将に訊いてみた。

「お光ちゃんの姿が見えないようですが、使いにでも出たんですか」

「ふ、ふ。お光なら、もう店には戻らないよ。新しい奉公先が見つかったのさ」

楽しそうに、お仲は言った。

「それは、ずいぶんと急な話ですね。どちらのお店ですか」

「お店じゃないよ。本所の地獄屋敷さ」

「地獄屋敷……？」

「近藤豊前守様の別宅だけどね。年がら年中、賭場《どば》が開かれて、近くを通った女は引きずりこまれ、中間《ちゅうげん》どもに手籠《てごめ》にされるって評判の屋敷だよ。まあ、お光も、十年もあそこで揉まれたら、垢抜《あかぬ》けるんじゃないかね」

旨そうに煙草を吸いながら、お仲は言った。

「お光の穴埋めは、すぐに口入れ屋に手配するから。今の人数で、頑張っておくれ。いいね——」

つまり、罠《わな》だったのだ——とお絹は言った。

「他の女中たちにも聞いたんですが、うちの女将さんと石渡兵庫様は、前から知り合いだったらしいんです。それで、お光ちゃんに屋敷奉公させるために、煙管の一件を仕組んだんじゃないか、と」

考えてみれば、将軍からの拝領物を料理茶屋で確認するというのも、おかしい。

「何のために、そんな手のこんだことをしたのだろう」

下帯《したおび》を締めた源三郎は、怪訝《けげん》な面持《おもも》ちで言った。

「お光の軀《からだ》が目当てか」

「いいえ。寝たいとか妾《めかけ》にして囲いたいとか、そういう話ならば、女将さんがじわじわと手間暇をかけて口説いて、承知させると思います」

裸身の上に肌襦袢《はだじゆばん》を羽織《はお》って、お絹は酌をする。

「今までも、そうやって女将さんに口説かれて、客と寝た子や妾になった子が何人もいますから」

「では？」

まさか、荒くれ中間どもの嬲《なぶ》り者にするために、買われて行ったのか——と考えると、源三郎は胃が締めつけられるような気がした。

「そんなことなら、あんなに手間暇はかけないと思います。実は、お光ちゃんを駕籠に乗せて店を出る時に、石渡兵庫様は女将さんに、いい手駒ができた——と言っていました。手駒って何でしょう」

「手駒………」

お光を何かに利用しようというのだろうか。

しかし、川越から来て半年にもならない新米女中が、何の役に立つというのだろう。

「ごめんなさい、先生」

お絹が頭を下げた。

「お倉《くら》さんていう人が尋ねて来た時に、あたしが本当のことを教えてあげればよかったんです。でも、あたしは住みこみの女中で、五郎蔵のこともあるものだから……どうしても、言い出せなくて」

涙をこぼしながら、お絹は詫びる。

「あんなに姐《ねえ》さん、姐さんと慕ってくれたお光ちゃんを見殺しにしたようで……

あたし……」

「お前のせいではない」

源三郎は、お絹の肩を抱いてやった。

「よく話してくれた。お光のことは、私が何とかする」

「助け出せますか。町奉行所のお役人も手が出せない、旗本屋敷の中ですよ」

「困難なのはわかっているが、やるだけやってみるつもりだ」

そう言ってお絹を慰めているうちに、彼女は源三郎に抱きついて来た。

結局、源三郎はお絹と三度、交わったのである。

桔梗へ戻るというお絹に、「これで、母の形見の簪《かんざし》を請け出しなさい」と源三郎は五両を差し出した。

お絹が勇気を出して話してくれなければ、いつまでも、お光の行方は不明だったかもしれない。

それを考えれば、お礼は五両でも少ないくらいであった。

遠慮するお絹に金を押しつけて、源三郎は、彼女と別れた。

それから、湯屋に入って女のにおいを洗い流し、遅い夕餉《ゆうげ》を摂ってから、地獄屋敷へとやって来たのだった……。

(さて、どこから忍びこむか)

柳の木の下で源三郎が考えていると、

「――旦那」

不意に、脇から呼びかける者があった。女の声である。

「ん？」

声のした方を向くと、二十二、三の婀娜《あだ》っぽい女が、そこに立っていた。

簪を立てて髪を巻き上げた蛽髷《ばいまげ》という髪型をして、胸の谷間が見えそうなほど襟元《えりもと》を緩めている。

その崩れた格好からしても、足音を立てずに近づいて来たことからしても、堅気の女ではない。

目がやや細く、きつい顔立ちだが、熟しすぎた果実のような淫靡《いんび》な色香が漂っている。

女は薄い唇に笑みを浮かべて、

「博奕《ばくち》は、思い切りが肝心《かんじん》ですよ。そんな討ち入りでもしそうな怖い目つきで、今夜は目が出るかどうかなんて迷ってたら、勝てませんて」

「そういうものかな」

源三郎は苦笑して見せる。

(どうやら、この女は、私が地獄屋敷の賭場へ博奕をしに来たのだと勘違いしているらしい)

が、これは千載一遇の機会ではないか——と源三郎は考え直した。

「姐御《あねご》は、この屋敷の賭場の常連かね」

「ここで時々、壺を振ってるのさ。蛽髷お銀といえば、ちっとは知られた女壺振《おんなつぼふ》りだよ」

「こいつは、お見それしたな。俺は御崎源三郎という。お銀姐御の壺振り姿は、さぞかし色っぽいだろうな」

相手に合わせて、わざと無頼漢《ぶらいかん》のような言葉遣いをする源三郎であった。

「ふふ、ふ。その色っぽいとこが見たかったら、あたしに付いておいでなさいな」

先に立って、お銀は、屋敷の表門の方へ歩き出した。源三郎は、それに付いてゆく。

表門の脇の潜り戸《くぐど》を、お銀が折り曲げた指の角で、とんとん、ととん……と叩いた。

すっと潜り戸が開いて、燭台《しょくだい》が突き出される。

「おや、姐御でしたか」

照らし出された顔を見て、燭台を手にした中間が言った。

「ああ。鴨《かも》を一羽、連れて来たよ」

辛辣《しんらつ》な冗談を言って、源三郎に、にんまりと笑いかける。そして、お銀は屋敷の中へ入って行った。

源三郎も大刀を左手に提《さ》げて身を屈《かが》め、お銀に続く。

いよいよ、地獄屋敷へ入るのだ。

第六章　檻《おり》の中の裸女

一

お銀は、左手の指に二個の賽子《さいころ》を挟み、右手に籐製《とうせい》の壺皿を持っている。それを、顔の前にかざすようにして、

「入ります」

賽子を壺皿の中に放りこみ、それを白布を敷いた盆茣蓙《ぼんござ》の上に伏せた。ぱしっ、と小気味よい音がする。

この壺を伏せる一連の動作の呼吸と音が大事で、それがもたもたすると、しらけて博奕《ばくち》の熱気が冷めてしまうのだ。

「さあ、張ったっ」

中盆《なかぼん》が声を張り上げて、賭け客たちを煽《あお》った。

通常、旗本屋敷や大名の下屋敷に立つ賭場《どば》といえば、場所は中間《ちゆうげん》部屋になる。

だが、この地獄屋敷は違った。

母屋《おもや》の十畳の座敷を二間《ふたま》ぶち抜きにして、そのまま賭場にしている。

我が物顔といおうか、中間どもが屋敷を好き放題に私物化しているのだった。

さすがに地獄屋敷と呼ばれるだけある。

「よし、丁《ちよう》だっ」

「半《はん》っ」

「こっちも半っ」

人いきれのこもった座敷の中で、賭け客たちが、次々に盆茣蓙に金を置く。

駒札などという上品なものはなく、現金を賭けているのだった。

お銀は片膝立ちで、賭けの様子を眺めている。緋縮緬《ひぢりめん》の下裳《したも》の間から内腿《うちもも》の奥まで見えそうな、色っぽい姿勢であった。

いかさまをしていない証拠に、壺振《つぼふ》りは諸肌脱《もろはだぬ》ぎになる。

お銀も諸肌脱ぎで、胸には白い晒《さら》し布を巻いていた。

もっとも、ぎりぎりで乳輪が隠れるくらいまでしか巻いていないので、乳房の上半分はほとんど露出している。

そんな女壺振りの色っぽさによって、賭け客たちの興奮は、ますます高まって行くのだった。

「丁半揃いました——壺っ」

中盆の声が飛んで、お銀が、壺皿を開く。壺皿の縁《ふち》で白布を、しゅっと擦るように開くのだ。

「四六《しろく》の丁っ」

賽子の出目を宣言すると、盆茣蓙の周囲から、歓声と失望の呻《うめ》きが同時に上がる。

御崎源三郎《みさきげんざぶろう》は、お銀の斜め前に座っていた。丁に張っていたので、手許《てもと》に寺銭《てらせん》を引いた分配金が置かれる。

五両の元手で始めたのだが、勝ったり負けたりの一刻《いっとき》が過ぎた今では、二十両ほどに増えている。

源三郎としては、腰を据えて朝まで博奕をしながら、隙《すき》を見て屋敷内の様子を探るつもりであった。

後で忍びこむにしても、屋敷の間取りをある程度知っているのと、まるで知らないのでは、困難の度合いが全く違って来る。

座敷の隅には、酒と茶、稲荷寿司などが用意してあった。負け続けで賭け金がなくなった者や、一息入れたくなった者には、そこで酒などが振る舞われるのだった。

そこで飲み喰いしてから、後架《こうか》へ行く者もいる。

（よし。負けて、あそこで茶を飲んでから、後架へ行くふりをしよう。そうすれば、屋敷の中を調べられる）

そう考えた源三郎は、次の勝負で十両を賭けた。丁に賭けたのだ。目の隅でそれを見たお銀の唇の端が、ほんの少し持ち上がった。嗤《わら》ったのである。

隣の遊び人風の男は、持ち金の三十両を全て、丁に張った。

中盆の指示で、お銀は鮮やかな動作で壺を開いた。

「五二《ぐに》の半っ」

それを聞いて、喉の奥から「ひぐぅ」と奇妙な呻き声を洩らしたのは、隣の遊び人風の男である。

顔から血の気がひいて、額《ひたい》に大粒の汗が噴き出していた。

目の前から、三十両の金がT字形の掻き棒で持って行かれると、

「いかさまだ、賽子を見せろっ」

大声で喚《わめ》きながら、盆茣蓙を飛び越えてお銀につかみかかった。

「俺の金を返せ――っ」

「きゃっ」

ひっくり返ったお銀は一瞬、大事な部分が見えてしまう。女壺振り師の花園は、赤紫色をしていた。

「よせ」

中間どもが押し寄せる前に、素早く動いた源三郎が、男の右腕を背中側にねじ上げていた。

「負けた腹いせに壺振りに乱暴するのは、男の恥だぞ」

騒ぎが起こって賭場が閉められたら、賭け客たちは地獄屋敷から追い出されてしまう。

それでは困るので、源三郎は、男を取り押さえたのだった。

「旦那、ありがとうございましたっ」

肥えた三白眼《さんぱくがん》の男が、源三郎に頭を下げた。

「あっしは、ここの中間頭《がしら》の甚七《じんしち》と申します」

「うむ。後は任せた」

男の背中をぽんと突いて押し出すと、中間たちは、そいつをずるずると廊下へ引きずってゆく。

いかさま呼ばわりや賭場荒らしは、殺されても文句は言えない。

遊び人風の男も、中間たちに存分に痛めつけられて屋敷の外へ放り出されるか、息の根を止められて横川に流されるだろう。

「頭。この旦那は御崎源三郎さんといって、あたしが連れて来たのよ」

立ち上がって身繕《みづくろ》いしたお銀が、言う。

「さすが姐御《あねご》だ。男を見る目に狂いがねえ」

甚七は笑った。

「じゃあ、頭。しばらく、壺振りを誰かにやらせてくださいな」

「おう、承知した。ゆっくり休んでくれ」

「さ、旦那」

お銀は、源三郎の腕をとる。

「一緒に来てちょうだい」

賭場の座敷を出て、お銀に連れて行かれたのは、四畳半の小座敷であった。

すぐに、中間の一人が酒肴《しゆこう》の膳を持って来る。

「ずいぶん、手際がいいな。姐御が男を連れこむのに、慣れているようだ」

胡座《あぐら》をかいた源三郎が、軽口を叩くと、

「さあ、どうかしらね」

お銀が横座りになって、酌をする。

「さっきは、ありがとう。旦那が助けてくれて、とっても嬉しかったわ」

「うむ」

「ねえ、旦那。御新造《ごしんぞ》さんは放《ほ》ったらかしで、博奕をしてていいの」

「馬鹿を言うな」源三郎は笑った。

「天下御免の喰い詰め浪人に、女房なんぞいるものか。金があれば岡場所《おかばしよ》、なければ、地蔵堂か寺の縁の下という浮草暮らしだぞ。野良犬と同じだ」

お銀が身許《みもと》調べをしている――と悟った源三郎は、自分が無頼浪人であることを強調した。

川越街道を歩いて来た源三郎の衣服は埃《ほこり》まみれなので、野良犬と同じという言葉には説得力があるだろう。

お銀たちに無頼浪人だと信じこませて仲間扱いされれば、お光を捜しやすくなるはずだ。

「たまたま、この前の博奕がついたんで、今日は湯屋にも行けたがな」

「博奕で稼いでなさるのね」

「そうだな。博奕で稼いで……目が出なかった時は、ゆすりでも辻斬りでも何でもやる。たとえば、小間物屋《こまものや》に行って、舟比丘尼《ふなびくに》にやるから簪《かんざし》を見せろ――とか言ってな」

川越の吾妻屋《あづまや》で車引きの権太《ごんた》が働いたゆすりの手口を、源三郎は、巧みに自分の体験にすり替えた。

「旦那って、本当に面白い」

お銀は、けらけらと笑った。それから、まじまじと源三郎を見つめて、

「今まで何人くらい斬ったの」

「……………」

源三郎は無言で、見返す。

お銀は、単に彼の素性《すじよう》を調べているのではないようであった。

「斬った数は――百人」

「え」

「女ならな」

にやっと笑って見せると、お銀は、ぷっと吹き出した。

「厭《いや》ねえ、もう」

源三郎は盃《さかずき》を干してから、真面目な顔になって、静かに言った。

「お銀」

「はい？」

「あんまり、つまらないことを訊くな。場合によっては、訊いたお前を始末しなきゃいけなくなる」

それを聞いて、お銀は、ぶるっと肩を震わせる。

仇敵持《かたきも》ちという重い秘密を背負っている御崎源三郎の声には、造りものではない凄みがあった。

上意という名目で斬った笹山兵右衛門《ひょうえもん》を別にしても、源三郎は流浪の旅の途中で、どうしようもない成行で五人を斬っているのだ。

「ごめんなさい」

俯《うつむ》いて詫びたお銀は、顔を上げて源三郎に躙《にじ》り寄った。

「ねえ、旦那」

「ん」

艶《えん》な流し目をくれながら、お銀は甘え声で、

「あたしを……百一人目にしてくれない」

二

「よし。その軀《からだ》、味見してやろう」

無頼浪人になりきった源三郎は、立ち上がった。

濃藍色《こあいいろ》の着物の前を開いて、下帯《したおび》の脇から柔らかい肉根をつかみ出す。

「あら、凄い」

男に関しては海千山千《うみせんやません》らしいお銀も、源三郎の男性器の寸法には驚いたようであった。

「咥《くわ》えろ」

源三郎は、お銀の頭をつかんで、股間に押しつけた。

「んぐ……」

いきなり、口の中に肉根を押しこまれて、お銀は低く呻《うめ》いた。

「さあ、しゃぶれ。根元まで呑むのだ。喉の奥まで入れろ」

源三郎は両手でお銀の頭を押さえつけて、腰を前後に動かす。

お光《みつ》やお絹《きぬ》を相手にした時とは、別人のような荒々しさであった。

辻斬りも辞さぬ悪党浪人を演じている源三郎だから、お銀のような莫連女《ばくれんおんな》を優しく抱くわけにはいかない。

それに、源三郎は、隣の座敷から何者かの視線を感じていた。

これが悪党としての人物鑑定だとすると、野獣のような無頼浪人を演じ切らねばなるまい。

「おぐ……うぐっ……」

巨大化した男根を、お銀は、必死で舐めしゃぶる。

源三郎は、お銀の口を散々に犯してから、

「出すぞ、お銀。一滴残らず、飲み干すのだ」

大量に放った。

蕎麦屋《そばや》の二階でお絹とは三度、交わったが、吐精したのは一度目だけだった。

だから、男の精は、たっぷりと充填《じゅうてん》されていたのである。

「ごふっ、うぶぶっ」

喉を鳴らして、お銀は、聖液を嚥下《えんげ》した。

源三郎が両手を放してやると、お銀は巨根を口から吐き出して、咳きこむ。

「ひどい人……」

口元を拭いながら、お銀は恨《うら》めしそうに言った。

吐精しても、源三郎の男根は勢いを失っていない。天井を指して屹立《きつりつ》している。

「ほら。さっさと四ん這《よつば》いになれ」

畳に片膝をついた源三郎は、お銀を犬這いの姿勢にして、着物の裾《すそ》を捲《まく》り上げた。

緋縮緬《ひぢりめん》の下裳《したも》を捲り上げて、臀《しり》を剥《む》き出しにする。

臀の割れ目の下に、赤紫色の花園が見えた。周囲には太い恥毛が密生している。

強制口姦《イラマチオ》させられて、苦しがっていたお銀だが、意外にも花園は濡れていた。

この莫連女には、被虐趣味《マゾヒズム》の傾向があるのかもしれない。

源三郎は、右手で男根をつかむと、お銀の花園にあてがった。

「どうだ、欲しいか」

「欲しい……凄くでっかいお珍々、あたしの奥までぶちこんでっ」

お銀は叫んだ。

「よかろう」

女の臀を左手でつかむと、源三郎は、巨根を前進させた。

ず、ずずず……と秘肉の内部に、ゆっくりと侵入してゆく。

「おァっ、ひィィィ……っ」

喜悦とも悲鳴ともつかぬ叫びを上げる、お銀であった。

荒れた暮らしをしている割には、女壺《にょつぼ》の締まり具合は、悪くない。

両手で丸い臀肉を鷲《わし》づかみにすると、源三郎は、逞《たくま》しく腰を使う。

突く度に臀の割れ目が開いて、くすんだ灰色の排泄孔《はいせつこう》が見え隠れした。

「あっ、ひっ……ひぐっ……凄い、凄すぎるっ」

巨根に責めまくられて、お銀は喘《あえ》ぐ。

源三郎は、女壺振《おんなつぼふ》り師を貫きながら、その帯を解いた。着物を脱がせ、胸に巻いていた晒《さら》しも解いて、全裸にする。

自堕落な暮らしをしている割には、お銀の肌は、まだ荒れていない。

「どうだ、お銀。牝犬《めすいぬ》のように犯される気分は」

リズミカルに突きながら、源三郎が訊く。

「はい、あたしは牝犬です……んあっ……でっかいお珍々で犯されて喜んでいる、淫《みだ》らな牝犬ですっ」

お銀は、濡れた声で叫ぶ。

「お前、さっき、いかさまをやっただろう」

「ど、どうして、それを……」

「俺が半分の十両を賭けた時、お前が意味ありげな笑みを浮かべたのを見たぞ。さあ、白状しろっ」

ずんっ、と奥の院を突くと、お銀は仰《の》けぞった。

「言う、言います……毛返《けがえ》しを使ったの」

「やはり、そうか」

毛返しとは、内側に髪の毛を張った壺を使い、壺を開く時に、髪の毛で賽子《さいころ》を転がすいかさまである。

籐製《とうせい》の壺は、強く握ると編み目の一部が口を開くようになっている。

そこから出目を確認し、壺振りの望む出目ならば、そのまま開く。

違う場合には、髪の毛で賽子を転がしてから開くわけだ。

お銀は、源三郎が大きく張ったのを見て丁目の賽子を転がして半目に変えたのである。

有り金全て巻き上げられた上に、袋叩きに遭《あ》っているだろう遊び人風の男は、気の毒としか言いようがない。

「ごめんなさい、旦那。許して」

お銀は、首を左後ろへねじ向けて、

「お願い。口を吸って」

「勝手なことを言う女だ」

苦笑いした源三郎は、お銀に顔を近づけた。口を吸ってやると、目を閉じたお銀は舌を差し入れて来る。

互いの舌を吸い合っていると、お銀の右手が、そろそろと動いた。

源三郎が目の隅で見ていると、その右手は、簪《かんざし》をつかむ。

そして、さっと引き抜いた。ばらりと髪束が落ちる。

お銀は、その簪を、源三郎の左目に突き立てようとした。

が、その前に、源三郎の手刀《しゆとう》がお銀の首筋を打つ。

「うっ」

急所を一撃されたお銀は、がっくりと首を落とした。

気絶したのである。その右手から、簪が落ちて畳の上に転がった。

「とんでもない牝犬だな」

源三郎は、隣からの視線を感じていた。

そいつは、自分の目に簪を突き立てようとした女を源三郎がどうするのか、観察しているのではないか。

辻斬りもするような悪党なら、そういう女は半死半生になるまで殴りつけるか、絞め殺すだろう。

(仕方がないな……)

女を手荒く扱うのは好みではないが、お光を捜し出すためには、やむを得ない。

源三郎は、お銀の両手を背中にまわして、肌襦袢《はだじゅばん》の紐《ひも》で縛《しば》る。

そして、ずるりと巨根を引き抜いた。

左手で、お銀の臀の双丘《そうきゅう》を広げる。放射状の皺《しわ》のある後門が、露《あら》わになった。

女の愛汁《あいじゅう》で濡れた巨根を、その排泄孔にあてがうと、源三郎は腰を進めた。

前戯抜きで、女壺振り師の臀の孔《あな》を貫く。

「〜〜〜ァァァっ!!」

瞬時に覚醒したお銀は、喉の奥から絶叫を迸《ほとばし》らせた。

圧倒的な質量を持つ巨根に、後門を深々と抉《えぐ》られたのだから無理もない。

お銀の臀孔は、極限まで拡張されていた。括約筋《かつやくきん》が喰い千切らんばかりに、きちきちと巨根を締めつけている。

「ぬ、抜いて……死ぬっ」

絞り出すような声で、後ろ手に縛られたお銀は言った。

「なぜ、俺を殺そうとした」

「違う……腕試し……」

「腕試し、だと。笑わせるな」

源三郎は力強く突いた。

「……ォォォっ！」

声にならぬ叫びを上げる、お銀だ。

「よく聞けよ、お銀」

源三郎は平手で、女壺振り師の臀を、ぴしゃりと叩いた。

「俺は、舐められて黙っているような腰抜けではない。このまま、お前を突き殺してやろうか」

そう言って、源三郎は、巨根で臀孔を突いて突いて突きまくった。

「裂ける、お臀が裂けてしまう……堪忍してぇぇぇっ」

お銀は泣きながら、悲鳴を上げる。

その時、隣の座敷との境の襖《ふすま》が、さっと開かれた。

三

「――それまで」

そう声をかけたのは、角張った顔つきをした中年の武家であった。

お絹が話してくれた石渡兵庫《いしわたりひょうご》の人相、そのままである。

その斜め後ろには、中間頭《ちゅうげんがしら》の甚七もいた。

「誰かね、あんたは」

平然とお銀の臀《しり》の孔《あな》を犯しながら、源三郎は誰何《すいか》する。

「それは、後で名乗ろう」と兵庫。

「とりあえず、お銀を許してやってくれ。わしが、貴公の腕試しを命じたのだ。

媾合《こうごう》の最中にも油断しないとは、大したものだ」

「今まで、この手口で何人の浪人を試したんだ」

「二人……二人とも、お銀にあっさり片目を潰《つぶ》されたよ」

「その二人は、どうなった」

「裏庭の竹林で眠っている。来年は、よい筍《たけのこ》が育つだろう」

冷酷な冗談を口にする兵庫であった。

「ふん。ぞっとしないな」

源三郎は、巨根を引き抜いた。お銀の下裳《したも》で拭って、下帯《したおび》の中に納める。

「うぅ……」

横倒しになったお銀の臀の孔は、括約筋が伸びきってしまったのか、ぽっかりと口を開いたままであった。

入口は灰色だが、内部粘膜はきれいな桜色であった。

源三郎は、その裸身に肌襦袢《はだじゅばん》を投げかける。

「まあ、こちらの座敷へ来てくれ」

石渡兵庫は、座敷の奥に引っこんだ。大刀《だいとう》を提《さ》げた源三郎も、その座敷へ入った。

入れ替わりに、甚七が四畳半の方へ入る。

隣は、床の間の付いた六畳間だった。

床の間を背にして座った兵庫は、

「わしは、御公儀の大番頭《おおばんがしら》を務める近藤豊前守《ぶぜんのかみ》様の用人《ようにん》、石渡兵庫だ。わしの上に、家老の宮久保《みやくぼ》監物《けんもつ》という御仁《ごじん》がいるが、これはお飾り。実際に近藤家を取り仕切っているのは、この兵庫だと思ってくれ」

「羨《うらや》ましいご身分ですな」

こいつがお光を罠《わな》に嵌《は》めた張本人かと思うと、怒りがこみ上げて来るが、源三郎は、それが面《おもて》に出ないように抑えつけた。

「ははは。気苦労の多い務めだがな」

満更《まんざら》でもない表情で、兵庫は言う。

「ところで、貴公を雇いたいのだがどうだ」

「この年で、堅苦しい武家奉公の下《した》っ端《ぱ》から始めるのは、ありがたくないな」

「いや、近藤家に奉公しろというのではない。わしの私兵になって欲しいのだ」

「平たく言うと用心棒ですか」

「貴公は、話が早くてよろしい」

兵庫は機嫌よく笑みを浮かべた。

地獄屋敷も常識外の存在だが、大身《たいしん》旗本の用人が用心棒を雇うというのも、奇妙な話である。

「実は、明日、この屋敷で大事《だいじ》が起こる」

「ほう……どんな大事で」

源三郎は、兵庫の顔を覗きこむ。

お光を罠に嵌めたことと、その大事には何か関係がありそうだ。

「それは、明日になればわかることだ。無論、御家《おいえ》のためになることだがな。しかし、その大事によって、逆上した頑固者が何人か暴れるかもしれぬ。貴公には、そいつらを斬ってもらいたい」

「報酬次第だな」と源三郎。

「それと、もう少し大事の中身を教えてもらいたい。俺は、丁稚《でっち》小僧か使いっ走りのように扱われるのは、好きではないのでな」

「五十両、出そう。他に四人の浪人を雇っているが、その者たちは十両だ。貴公は破格だぞ」

兵庫は、懐《ふところ》から出した二十五両の包みを、源三郎の前に置いた。

「これは前金だ」

「まあ、よかろう」

源三郎は、小判の包みを懐にねじこむ。

「で、大事の中身は」

「困った男だなあ」

兵庫は苦笑して、

「では、実物を見せてやった方が話が早いだろう。来てくれ」

ゆっくりと立ち上がった。

障子が、さっと開く。廊下に控えていた甚七が、開いたのであった。

兵庫が廊下へ出ると、源三郎は甚七に、

「頭。一緒に来るなら、俺の先に立ってくれ。後ろから腕試しの続きをされては、かなわんからな」

「用心深いねえ、先生は」

甚七は苦笑したが、言われた通りに先に立った。

呼び方が〈旦那〉から〈先生〉に変わったのは、悪党の階位で昇格したのだろう。

源三郎は、甚七のあとに続いて廊下を歩く。

腕試し云々《うんぬん》は、口実である。背後に甚七の目があると、屋敷の中の様子を観察しにくいので、源三郎は文句をつけたのだ。

母屋《おもや》の奥へと歩きながら、源三郎は、あちこちに目を配った。

（お光がいるのは、どこだろう……）

そんなことを考えながら、何度か角を曲がると、

「ここだ」

板戸の前で、石渡兵庫は立ち止まった。兵庫が顎《あご》をしゃくると、甚七が板戸を開く。

中は、六畳間になっていた。

ただし、手前の三畳と奥の三畳の間には、太い木の格子《こうし》が組まれている。つまり、座敷牢になっているのだ。

その座敷牢の中に、下裳一枚で蹲《うずくま》っている半裸の女がいた。

お光であった。

第七章　女殺し

一

「……っ！」

こちらに顔を向けた半裸のお光《みつ》が、御崎源三郎《みさきげんざぶろう》の姿を見て、愕然《がくぜん》とした表情になった。

自分で、自分の目で見たものが信じられないのだろう。

そして、何かを言いかけた。

「何だ、この女はっ」

源三郎は、それを遮《さえぎ》るために大声で言う。

「座敷牢に監禁しているということは、正気を失った気触《きふ》れ者か。こんなものを俺に見せて、どういうつもりだ」

そう言いながら、源三郎は目で「知らぬふりをしろ」と合図をした。

それがわかったらしく、お光は口を噤《つぐ》む。

「ははは。だいぶ、驚いたようだな」

源三郎が当惑したふりをしたので、近藤家用人《ようにん》の石渡兵庫《いしわたりひょうご》は、大いに満足したらしい。

性根《しょうね》の腐った人間ほど、相手の優位に立つことに快感を覚えるのだ。

「この娘は手駒だ。明日の大事のための、な」

「よくわからん。そもそも、どうして半裸で座敷牢に入れているのだ」

「このお光という娘には、ある役目を申しつけたのだが、頑固に厭《いや》だと申すのでな。罰として、着物を剝《は》いで閉じこめたのだ」

脇から、中間頭《ちゅうげんがしら》の甚七《じんしち》が、

「どうしても承知しやがらねえんで、これから、野郎どもで廻し取りにかけてやろうと思ってるんですがね。夜明けまで姦《や》りまくれば、素直になるんじゃねえか、と」

廻し取りとは、遊女が複数の客の部屋を行ったり来たりすることをいうが、大勢で一人の女を嬲《なぶ》るという意味もある。つまり、輪姦《りんかん》のことだ。

「それで娘が、襤褸布《ぼろぎれ》のようになったら、明日の役目というのは果たせるのか。舌でも嚙んだら、どうする」

「じゃあ、伺いますがね」

甚七は、むっとした顔で言う。

「先生なら、あの娘に言うことを聞かせられるとでも、おっしゃるんで」

「ああ、できるよ」

源三郎が、あっさり肯定すると、
石渡用人が、きっと顔色を変えた。

「本当か、御崎」

「冗談だったでは、すまぬぞ」

「容易《たやす》いことだ。女は優しく抱かれて昇天すれば、何でも、その男の言うがままになる。つまり、犯して飼い慣らすのだ」

「理屈はそうだが……」

「では、俺がやって見せよう。牢の扉を開けてくれ」

「ご用人様――」

甚七が、どうしますか――というふうに、石渡兵庫の顔を見た。

「開けてやれ」

石渡用人が、うなずく。

「へい」

首から下げていた鍵で、甚七は、座敷牢の扉の錠《じょう》を外した。

「すまんな」

そう声をかけて、源三郎は左手に大刀《だいとう》を提《さ》げたまま、牢の中に入った。

彼の背後で、再び、扉の錠がかけられる。

このまま閉じこめられる危険性もあるが、今は、お光と直接、接触することの方が大事である。

源三郎は大小を帯びたままだから、閉じこめられたとしても、それなりに反撃はできるだろう。

「おい、お光といったな。案ずるな、俺は乱暴なことはしないから」

石渡用人と甚七に背中を向けて、源三郎は言った。

そう言いながら、「私の言うことに調子を合わせるのだ」と目の表情で、お光に訴えかける。

「………」

お光は恐怖で震えている演技をして、座敷の隅に逃げた。右腕で乳房を隠している。

「大丈夫だから、な」

そのお光に覆《おお》い被さるようにして、源三郎は彼女の耳に口を近づけた。

「少しだけ、厭がるふりをしろ」

あっさり、お光が源三郎に抱かれたら、幾ら何でも不自然で、石渡用人たちに芝居がばれてしまう。

ずっと座敷牢に閉じこめられて湯にも入れないため、お光の肌からは濃厚な女のにおいが立ちこめていたが、無論、源三郎は気にしない。

「堪忍して……」

そう言って、お光は、源三郎を押しのける仕草をした。上出来の演技だった。

「よし、よし」

そのお光を抱きしめてから、ふと、源三郎は振り向いて、

「おい、いつまで見ているつもりだ。少しは気を利かせてくれ。ここは、奥山の観世物《みせもの》小屋じゃないぜ」

石渡兵庫と甚七に、文句を言う。

「これは、不粋《ぶすい》なことをしたな」

苦笑した石渡用人は、甚七を促して座敷を出て行った。甚七が板戸を閉じる。

すると、お光が、喜色満面で「先生」と言おうとした。その口を、源三郎は素早く掌《てのひら》で塞《ふさ》ぐ。

「何も言うな。見張られている」

彼女の耳に、源三郎は囁《ささや》きかけた。

先ほどのお銀の色仕掛けの罠《わな》の時と同じように、この座敷牢も、どこからか監視できるようになっているはずだ。

そうでなければ、あの二人が、すぐに出てゆくはずがない。

「よいか。大事なことを話す時は、私の耳元で小さな声で言うのだ」

そう囁いてから、源三郎は、

「騒ぐな。今に、俺が悦《よ》がり哭《な》きさせてやる」

監視している者に聞かせるために、わざと、脅しつける口調で言った。

それから、右手で下裳《したも》を割る。内腿《うちもも》を撫で上げて、女の秘部に達した。

すぐに女壺《にょつぼ》に指を入れたりせずに、掌全体で花園を押し包むようにする。

「ずいぶんと怖かっただろう。もう、大丈夫だ。私が必ず、ここから助け出してやるからな」

花園を優しく撫でながら、源三郎は、十八娘の耳に囁《ささや》きかける。

「ああ……先生」

お光も、男の耳に囁いた。

「嬉しい。あたし、この場で死んでも本望です」

悪党の罠《わな》に嵌《はま》って地獄屋敷に連れて来られ、怪《あや》しげな命令を拒《こば》んで、座敷牢に閉じこめられたお光である。

このまま餓死《がし》か、輪姦《りんかん》されて嬲《なぶ》り殺しにされるか、そのどちらかだと考えていた。

まして、生きて源三郎に会える日が来るとは、夢にも思っていなかっただろう。

だからこそ、源三郎に抱きしめられた今、お光の軀《からだ》は芯から燃えていた。

花園は、もう、熱い秘蜜で濡れている。

二

源三郎が接吻すると、お光の方から舌を差し入れて来た。

行灯《あんどん》は、格子《こうし》を挟んで、源三郎たちがいる隅とは反対側の隅にある。

万一、お光が格子から手を伸ばして行灯を倒したりしないように、もっとも遠い位置に置いてあるのだろう。

だから、源三郎たちのいる辺りは、格子の影が落ちて薄暗い。

監視役がどこから見ているかわからないが、相思相愛の者が行うように互いに舌を吸い合っても、それとはわからないはずだ。

「む……ん……」

源三郎は激しく舌を使い、お光はさらに激しく吸った。

破華《はか》の日から五ヶ月以上が過ぎて、お光の肉体は、女として成熟したのだろう。花園からは、秘蜜が豊かに溢れていた。

源三郎は、お光を押し倒す。

「掟破《おきてやぶ》りになるがな。交わるぞ、お光」

源三郎がそう言うと、お光は、こくん、とうなずく。

冒頭にも述べたことだが――姫割《ひめわ》り役が抱くのは、破華の時だけである。

その後は、親身に相談に乗ったりはするが、相手との肉体関係は一切、持たないのが不文律だ。

そこがけじめというもので、ずるずると軀の関係が続けば、間男《まおとこ》と同じである。

だからこそ、姫割り役は、人柄のよい中年男が選ばれるのだった。

しかし——今は、非常時であった。

お光は、悪党どものために座敷牢の虜《とりこ》になっており、源三郎は人斬りも辞さぬ無頼浪人に化けて、この地獄屋敷に潜入している。

ここで、石渡兵庫や甚七に宣言したように、源三郎がお光を抱いて「飼い慣らす」ふりをしなければ、二人とも命が危ない。

だから、御崎源三郎は、あえて姫割り役の掟を破ることにしたのだった。

「そう抗《あらが》うな。俺が、本当の男の味を教えてやろうというのだ」

わざと下卑《げひ》た言葉を吐きながら、源三郎は、自分の着物の前を割った。

下帯《したおび》の中から肉根を取り出して、扱《しご》く。

そして、猛々《たけだけ》しくなったものを、十八娘の花園に触れさせた。

何と、お光の方から、無言で腰を進めて来た。

ぬぷっ……と最大の直径を持つ玉冠部《ぎょくかんぶ》が、花孔の内部に呑まれる。

そこで、源三郎は一気に突入した。

「あうっ」

お光は仰《の》けぞる。

破華の時と違って、長大な男根が根元まで、きっちりと若々しい秘肉の中に没した。

源三郎は、お光の口を右手で塞ぐ。

この方が、抵抗する女を無理に犯しているように見えるだろう。

それに、媾合《こうごう》に夢中になったお光が、源三郎の正体を口走ったりするのを防ぐためだ。

源三郎は、愛情のこもった肉襞《にくひだ》の締めつけを感じながら、緩やかに腰を使う。

「ん、ん、んん……」

くぐもった呻《うめ》きを洩らしながら、お光が両腕を源三郎の背中にまわして来た。

男に犯されているにしては、積極的な態度である。

源三郎は（これは、まずいな）と考えながら、

「どうだ、お光。俺の逸物《いちもつ》の味は悪くないだろう。これから、もっともっとよくなるぞ。おれのことは、女殺しの先生とでも呼ぶんだな。ははは」

馬鹿げたことを言って、お光の行為を誤魔化《ごまか》した。

　そして、お光の口から手を離す。

「ああ、先生……頭がおかしくなりそう……っ」

　お光が、濡れた甘声《あまごえ》を上げる。

　今の流れからすれば、源三郎を「先生」と呼んでも、不自然ではない。

　性的興奮によって、お光の肌のにおいが、ますます強くなった。

「では、これでどうだ」

　源三郎は、お光の両足を肩に担ぎ上げた。

　十八娘のしなやかな肉体は、〈くの字〉を描くように二つ折りになる。

　深山本手《みやまほんて》――つまり、屈曲位《くっきょくい》であった。

　女がこの姿勢をとることによって、男のものは、正常位よりも深く花孔の奥に挿入することができる。

　源三郎は、ゆっくりと奥の奥まで突いた。

「んくっ……奥まで来てるぅ……」

　お光は、喜悦の叫びを上げる。

「どうだ、俺の女になるか。俺の言うことを何でもきくか」

「ききます、だから突いて……先生、もっと犯してぇっ」

芝居ではなく本気で、お光は叫んだ。

これで、石渡用人たちに対する偽装工作は完了したわけだ。

女悦《にょえつ》に我を忘れたお光が余計なことを口走ると困るので、源三郎は再び接吻して、彼女の口を塞ぐ。

そして、逞《たくま》しく抽送した。お光の途切れ途切れの呻き声が、源三郎の口の中に飛びこんで来る。

濃厚な交わりの最中にも、源三郎は背後の注意を怠《おこた》らなかった。

この状況で、石渡用人が源三郎を殺そうとするとは思えないが、用心に越したことはない。

ここは、敵地のど真ん中で、源三郎たちの味方は誰もいないのである。

お光の反応が激しくなって来たので、源三郎は、さらに律動の調子を早めた。

「………っ！」

お光が、源三郎の背に爪を立てた。背中を反らせて、喜悦の高みに達する。

同時に、源三郎は深々と突いて、十八娘が絶頂に至る手助けをした。

命を賭けた媾合だから、源三郎も、大いに昂《たかぶ》っている。射出の内圧が、極限まで高まった。

それに、お光の蜜壺が絶妙に締めつけて来る。

が、源三郎は歯を喰いしばり、強烈な意志の力で吐精を堪《こら》えた。

しばらくして、汗まみれのお光は、深い失神状態から目覚める。

「先生……どうして？」

お光が小声で言う。なぜ、奥の院に精を浴びせてくれなかったのか――と訊いたのだ。

源三郎は、優しく笑いかける。

「掟だからな」

その一言で、お光は理解した。

源三郎は、姫割り役としての不文律を守るために、お光に挿入はしたが、射精はしなかったのである。

それが、これまで自分を姫割り役として遇してくれた人々に対する、源三郎なりの誠意であった。

「……」

理解はしたものの、お光は寂しそうな顔になる。

この娘は、姫割り役とその相手という垣根を壊して、源三郎と男と女の関係になりたかったのだろう。

源三郎は結合を解いて、お光の下裳《したも》で後始末をした。愛汁《あいじゅう》まみれの花園も、拭う。

それから、手を叩いた。

すぐに、板戸が開いて、甚七が顔を出す。

「本当に飼い慣らしたようだね、先生。一本とられたよ」

にやにやと下品な笑みを浮かべて、甚七が言う。やはり、監視していたのだ。

「やっぱり、股倉《またぐら》の道具が違うのかね」

「まあな。ざっとこんなものさ」

源三郎は、無頼浪人らしく悠然と答えて、

「とにかく、風呂を沸かしてくれ。きれいにしないと、明日の役目に差し支えるだろう。それと、この娘の着る物を持って来てくれ。おっと、扉を開けるのも忘れるなよ」

三

大身《たいしん》旗本の別宅の湯殿だから、六畳ほどの広さがあった。

湯槽《ゆぶね》は枡形《ますがた》で、埋めこみ式である。湯槽の縁《ふち》は、床から一尺——三十センチほどしかない。

このくらいの高さならば、踏み台が必要な据え置き型と違って、旗本の妻女が内股《うちまた》のままで、お淑《しと》やかに湯槽に入れるだろう。

源三郎は、長く座敷牢に監禁されていたお光の軀《からだ》を、隅々まで洗ってやった。

すると、そのお返しに、お光が、源三郎の軀を丁寧に洗う。

「あたし、あんなに気持ちよくなったの、初めてです」

「先生のお珍々、凄い」

「先生のためなら何でもするから、あたしを捨てないでね。お願い」

脱衣所で、二人の会話を盗み聞きしている奴がいるだろう。

だから、お光は男の軀を洗いながら、わざと露骨な言い方で、調教された牝犬《めすいぬ》奴隷同然だということを強調した。

もっとも、言葉のほとんどは、本気であろう。

二人は湯につかると、胡座《あぐら》をかいた源三郎の上に、お光が跨《また》がった。真下から、お光の秘華を貫く態位である。

唐草居茶臼《からくさいちゃうす》――対面座位だ。

「お光。石渡用人たちに、何をしろと言われたのか、話してくれ」

緩やかに腰を使いながら、源三郎は十八娘の耳に囁《ささや》きかけた。

媾合《こうごう》の動きによって湯槽の湯が波立ち、ちゃぷ、ちゃぷっ……と音を立てて、それが湯殿の内部に反響している。

だから、囁き声ならば、脱衣所の者に盗み聞きされる心配はないはずだ。

「はい、怖ろしいことを言われました――」

明日、この別宅に、当主の近藤豊前守が三日間の静養にやって来る。

正妻の菊野《きくの》、十歳になる長男の松丸《まつまる》も一緒だ。家老の宮久保《みやくぼ》監物《けんもつ》など家来も付いて来る。

さらに、普段は根岸《ねぎし》の別宅にいる側室の八重《やえ》、八重が産んだ次男の幸丸《ゆきまる》も合流する。幸丸は、まだ七歳だという。

で、石渡兵庫からお光に命令されたのは、当主一同に出す茶の中に薬を入れろ

──というものであった。

どの人物の前に薬を入れた茶を置くかは、直前に石渡用人が指示するという。

「その薬というのは、何でございますか」

お光が質問すると、

「そんなことを、お前が知る必要はない。わしの命令通りにすると誓え」

石渡用人は、彼女を睨みつけた。

こうなると、茶に混入する薬というのは、毒としか考えられない。つまり、毒殺命令である。

「厭《いや》です。何が入っているのかわからない茶を、人に飲ませるなんて、あたしにはできませんっ」

断ったお光を石渡は打擲《ちようちやく》し、着物を脱がせて座敷牢に放りこんだのだという。

それから十日以上、お光は絶望と死の恐怖に苛《さいな》まれながら、生きて来たのだった──。

「だから、先生の顔を見た時は……あたし……」

感極まって、お光は、ぽろぽろと泣き始めた。

源三郎は、その涙の粒を吸い取ってやる。

「よく耐えたな、お光。人殺しの手伝いは厭だと断り続けたお前は、本当に立派な人間だ。私などとは、比べものにならん」

自分は上意討ちの命令に逆らえず、評判のよい人物を斬ってしまった――源三郎の心の傷が疼《うず》く。

「先生……」

お光が顔をぶつけるような勢いで、接吻して来た。源三郎も、それに応える。闘争のように激しく互いの舌を吸い合い、絡め合った。

（それにしても――）

濃厚な接吻を続けながら、源三郎は考える。

（石渡兵庫は、誰を毒殺しようというのだ。当主の豊前守か、嫡男《ちゃくなん》の松丸か……だが、そもそも、毒殺というのは人知れず行うものだ。当主の家族一同が集まった場所で、いわば衆人環視の中で毒殺をして、どうするつもりだろう）

さらに疑問なのは――どうして、その実行役にするために、わざわざ、無関係なお光を罠《わな》に嵌《は》めて、この地獄屋敷へ連れて来たのか。

謎は深まるばかりであった。

第八章　十五夜哀歌《あいか》

一

御崎源三郎《みさきげんざぶろう》は、夢を見ていた。

真っ赤な花が咲き乱れている。秋に咲く彼岸花《ひがんばな》である。その花の群れの向こうに円《まる》い円い月が昇っていた。十五夜月であろう。

源三郎様――と女の声がした。

あたしのことは思い出さなくていいですからね、きれいさっぱり忘れてくださいな……。

「っ！」

源三郎は、がばっと飛び起きた。

そこは、源三郎の部屋として与えられた六畳間である。時刻は、真夜中を過ぎているだろう。

座敷牢での媾合《こうごう》の後に、源三郎は「お光《みつ》は、俺のためなら何でもやる。だから、明日のことは任せてくれ」と石渡兵庫《いしわたりひょうご》に請け負った。

それを信用した石渡用人《ようにん》は、お光を彼に託したのである。

その時に引き合わされた浪人者は、大兵《だいひょう》肥満に長身、顎《あご》に傷、そして色黒の四人だ。源三郎と違って、どいつも本物の無頼漢であった。

荒廃しきった心が、その顔に表れている。だが、腕もそれなりに立ちそうであった。

源三郎は、与えられた座敷に入る前に、何気ないふりで庭の様子を見てみたが、中間《ちゆうげん》たちと浪人たちが交代で庭を巡回していた。

これでは、深夜にお光を連れて塀《へい》を越えるのは難しい………。

夢から覚めた源三郎の軀《からだ》は、冷たい汗にまみれていた。

「む……ふう」

長々と吐息《といき》を洩らした源三郎は、隣に寝ているお光の方を見る。

十八娘は健康的な寝息を立てて、熟睡していた。

まだ敵地の中とはいえ、十日以上の監禁状態から解《と》かれて、心から慕っている源三郎と同衾《どうきん》しているのだから、その眠りが深いのは当然である。

しかも、眠る前に一刻《いっとき》近くも源三郎に貫かれていたのだから、さらに眠りは深くなろう。

お光は官能の渦に巻きこまれて何度も何度も逝《い》ったが、源三郎は、やはり吐精しなかった。

姫割《ひめわ》り役は、女にしてやった相手を二度と抱かない——という不文律を破っているのだから、射精しないという自制に意味があるのかどうか。それは、源三郎にもわからない。

ただ、男としてどこかに境界線を設けないと、このまま堕落の底なし沼へ沈んでしまうような気がするのだ。

「………」

源三郎は、仰臥《ぎょうが》した。目を閉じたが、もはや眠気は吹っ飛んでいる。

（千代《ちよ》………）

源三郎は胸の中で、決して忘れることのできない女人《にょにん》の名前を呟《つぶや》いていた。

四年半ほど前——源三郎は、夜更けに中仙道《なかせんどう》の追分宿《おいわけしゅく》へ辿り着いた。

信濃国佐久郡《さくごおり》の追分宿は、秋里籬島《あきざととう》の『木曾路名所図絵《きそじめいしょずえ》』にも「宿よし、出女《でおんな》よし」と書かれている繁盛の地であった。

出女とは、飯盛女《めしもり》という名目の私娼《ししょう》のことである。宿場女郎とも呼ぶ。

人口七百人程度の宿場に、私娼が二百人以上もいた。

追分宿に、隣の沓掛《くつかけ》宿と軽井沢宿を含めて〈浅間《あさま》三宿〉と呼び、女遊びのできる宿場として評判であった。

源三郎は、東海道の桑名宿でやくざ同士の争いに巻きこまれ、片方の雇われ用心棒として喧嘩の最中に一人を斬った。

命を取らぬまでも重軽傷を負わせた者は、十三、四人にもなるだろう。

喧嘩には勝ったが、負けた方の生き残りから執拗《しつよう》に意趣返しをされる怖れがある。形だけだが、桑名藩町奉行所の手配もある。

だから、源三郎は、雇い主のやくざから二十両の報酬をもらって、桑名を出た。

そして、追っ手がついた時のことを考えて、東海道ではなく中仙道へ入ったのである。

源三郎は、その前にも、拠《よ》ん所《どころ》ない成行で一人を斬っていた。

上意討ちでありながら仇敵持《かたきも》ちとして追われる流浪の旅の最中に、さらに二つの人命を奪って、彼の心は餓狼《がろう》のように荒《すさ》んでいた。

その心情が、面《おもて》にも出ていたのだろう。源三郎の顔を見て、旅人たちはあわて て道の端に逃げるほどであった。

追分宿には三十五軒の旅籠《はたご》があり、その半数以上が妓を置いた飯盛旅籠である。だが、源三郎は、その全ての旅籠で「本日はいっぱいでして」と宿泊を断られた。よほど剣呑《けんのん》な顔つきをしていたのだろう。

追分宿には、旅籠と別に茶屋という名目の遊女屋が数軒あった。そこには、宿泊することもできる。

源三郎は、遊女屋の一つである〈若狭屋《わかさや》〉へ行ってみた。

すると、店先で遣手婆《やりてばば》ァが、じろりと源三郎を見て、「お茶を挽《ひ》いている妓《おんな》は、離れの一人しかいないんですが、その子でよければ。ただし、後になって文句は言わないでくださいよ」と言う。

承知すると、源三郎は母屋《おもや》の裏にある〈離れ〉へと案内された。

離れというが、どう見ても、物置小屋に手を入れて人が住めるようにした建物である。

小屋の脇に、真っ赤な彼岸花が群れて咲いていた。

「あら、お客だなんて珍しい」

その小屋にいたのは、二十六、七の美しい女であった。ほっそりした軀《からだ》つきで、透き通るように白い肌をしている。

この女が、千代であった。

「お兼婆《かねばあ》さんの口車に乗ったんでしょう。初めに断っておきますけどね。あたし、労咳病《ろうがいや》みですよ」

労咳——現代でいうところの結核である。抗生物質のない時代では有効な治療法がなく、死病であった。

幕末の志士・高杉晋作も、労咳のために二十九歳で亡くなっている。

「かまわん」

源三郎は、捨て鉢《ばち》な口調で言った。

「私はいつ、どこで死んでもかまわぬ身だ」

「あら、そうなの」

その言葉に驚きもせずに、千代は微笑《ほほえ》んだ。

六畳間に、囲炉裏《いろり》のある三畳の板の間、そして狭い土間という造りの小屋であった。

源三郎が板の間の上《あ》がり框《かまち》に座ると、千代は土間に据えた水瓶《みずがめ》から小盥《こだらい》に水を汲んで、源三郎の足を洗ってくれた。

そして、囲炉裏にかけた鍋に残っていた山菜粥《がゆ》を椀に盛ってくれる。

空腹だった源三郎は、あっという間に山菜粥を平らげると、千代が敷いた夜具に倒れこむ。

すぐに眠りの国に引きずりこまれてゆく源三郎の左側に、千代が寄り添う感触があった……。

翌朝、金を払って小屋を出ようとする源三郎に、千代が、

「行くあてはあるの」

「日の本六十余州のどこにも、私が行くべき場所はないよ」

「じゃあ、そんなに急いで旅立つことはないでしょう。二、三日、ここに逗留《とうりゅう》なさいな」

「遊女屋は居続け禁止のはずだが」

「ほ、ほ、ほ」

千代は、小さな笑い声を立てた。それから、軽く咳をしてから、

「お客さん、ここが遊女屋に見える？　病気の遊女が寝転がっている、ただの掘っ立て小屋じゃありませんか。十年、居続けしても、お咎《とが》めなんかありません

よ」

源三郎は、小屋の中を見まわして、

「掘っ立て小屋にしては、割と小ぎれいに手が入っているじゃないか」

「そりゃ、あたしは、年季明けの自前女郎《じまえじょろう》ですもの」

遊女は大抵、十代半ばで売られて、前借金と引き替えに十年間の年季奉公をする。

そうすると、二十代半ばで年季が明けて自由の身になるはずだが、途中で雇い主から借金をすると、さらに年季が延長されるのだ。

病気で若くして死ぬ者もいるし、客と刃傷沙汰《にんじょうざた》になって刺し殺される者もいる。

運よく年季が明けても、十年も遊女をやっていた女が、普通の社会に戻って働くのは難しい。

実家に戻ったとしても、身内から冷たい目で見られて、耐えきれずに自殺する者もいた。

では、年季明けで行き場のない者はどうするかというと、また、遊女屋や飯盛旅籠に戻るのだ。

前借金なしで、店で場所借りして、いわば自営業として軀を売るのである。

これを、〈自前女郎〉と呼ぶ。

「あたしは二年前に二十五で年季明けしたけれど、もう、戻る実家はありません。幸い、多少の貯《たくわ》えもあったんで、この物置を改築してもらって、ここに住むことにしたんです。ところが、住み始めて半月と経たないうちに、血を吐いてしまった。長年の無理が祟《たた》って、年季明けで気が緩んだら、それまで軀の奥に潜んでいた病《やまい》が表に出て来たんでしょうね」

千代は、他人事《ひとごと》のように淡々とした口調で言った。

「医者には診《み》せたのか」

「こんな山奥の田舎医者に、労咳がどうにかできると思いますか。殿様を診る御殿医だって、労咳ばかりはどうにもならないのに」

「しかし……」

「まあ、あたしも早く死にたいわけではないから、色々と生薬《しようやく》を試してみました。赤蛙《あかがえる》の肉だって飲みましたよ。でも、駄目」

赤蛙の皮を剝《は》いで、その肉を鍋で煮て水飴《みずあめ》を加える、それを煮詰めた薬を毎日、服用すると肺病に効く――という民間療法であるが、根拠も効果も疑わしい。

「わかった」

少し考えてから、源三郎は言った。

「お前が迷惑でなければ、しばらく世話になろう」

「お代は結構、何日でもお好きなだけ……でも、伝染《うつ》るかもしれませんよ」

試すような口調で、千代は言った。

「かまわん」と源三郎。

「労咳に罹《かか》っても、十年、二十年生きる者もいると聞いた。私は、ひょっとしたら、明日、死ぬかもしれない男だからな。それと、この財布はお前に預けておく」

「――では、朝餉《あさげ》の支度をしましょう」

千代は立ち上がって、下駄を引っかける。

板戸を開けて、母屋のお勝手へ向かう千代の目は、涙で潤んでいるようであった。

朝餉がすむと、源三郎は腕枕で転《うた》た寝をした。

昼餉の後も転た寝で過ごし、夕餉の前に母屋の風呂に入った。夕餉がすんでから、千代も母屋の風呂へ行った。

そして、酒肴《しゅこう》の膳を小屋へ運んで来て、

「お床入り前の三三九度《さんさんくど》よ」

千代は、冗談めかして言う。

が、その瞳の中には期待と不安の影が揺れていた。

二

「うむ。屛風《びょうぶ》はないが、花嫁御寮《ごりょう》がそれだけ色白なら、白無垢《しろむく》は必要ないな」

源三郎は軽口を叩いた。

そして、敷いた夜具の脇で、二人は盃《さかずき》を酌み交わしてから、

「では、お床入りと行くか」

源三郎が言うと、千代は無言で、膳を板の間に下げた。

下帯《したおび》だけの半裸になった源三郎が夜具に横たわると、千代は、後ろ向きで着物を脱いだ。

肌襦袢《はだじゅばん》姿で、行灯《あんどん》の灯《ひ》を常夜燈《じょうやとう》である有明行灯に移す。

それから、夜具の中へ、するりと滑りこんだ。源三郎の左側に、だ。

「遊女は、客の右側へ寝るもんじゃないのか」

少なくとも、今まで旅の途中に源三郎が寝た妓《おんな》たちは、そうだった。

「普通は、そうよ。特に、どんな人かわからない初見の客の場合はね。夜中に、いきなり絞め殺されたりしないように、妓は客の利き腕のある右側に寝るの」

たしかに、自分の側に寝ている人間を絞め殺そうとしても、右側だと利き腕が使いにくい。

「私の左側でよいのか」

「あたしを絞め殺すつもりは、ないでしょう」

千代は、微笑《ほほえ》みかける。

「いいの、本当に？」

急に真剣な顔つきになって、千代は言った。

「あたしを抱いたら、労咳《ろうがい》になるかもしれないのよ」

言葉で返事をする代わりに、源三郎は千代に接吻した。

唇を合わせただけでなく、舌先を相手の口の中に差し入れる。

躊躇《ためら》いながらも、千代は舌を絡めて来た。

しかし、一度、絡め合うと、火のついたような激しさで、千代は舌を吸って来る。

濃厚な接吻をしながら、源三郎は、いきり立ったものをつかんだ。

肌襦袢や下裳《したも》の裾前《すそまえ》を掻き分けるのも、もどかしげに、男根を千代の秘部に押しつけた。花園を縁取《ふちど》る恥毛は、淡い。

まだ充分に濡れていないのに、源三郎は、いきなり貫く。

「……っ！」

痛みがあったはずだが、千代は、叫び声を押し殺した。

肌襦袢の下で揺れる乳房は、小さめである。

花壺の締め具合は、素晴らしかった。

わずか十数回の激しい摩擦で、溜まりきっていた源三郎は放った。驚くほど大量に放つ。

それでも、男根は猛々《たけだけ》しいままであった。

千代は、人形のように四肢《しし》を投げ出したままである。

「ふう……」

鞴《ふいご》のような息をついて、しばらくの間、源三郎は休んだ。

そして、結合したままで、二度目の行為に移る。

今度も、先ほどと同じように、荒々しく腰を使う。

すると、目を閉じていた千代が、口を閉じたまま喉の奥で咳をした。

「おい、苦しいのか」

源三郎は腰を止めて、訊く。

「平気よ……」

薄く目を開けて、千代は答えた。

「軀《からだ》に障るなら、もう、やめようか」

「ふふ。遊女の軀を気遣《きづか》ったりして、変な人ねえ」

「そうかな」

「あのね。腰を動かさないで、そのままでいてちょうだい」

そう言って、千代は、自分から腰を緩やかに動かした。

「む、むむ……」

その微妙な摩擦は、源三郎を夢心地にさせるほど、素晴らしい。

さらに、千代は、括約筋《かつやくきん》を収縮させて、きゅっ、きゅっ……と男根を締めつける。

「おお、これはっ」

それだけで、源三郎は達してしまった。聖液を放出する。

ずっと女に触れていなかったせいか、二度目でも、その量は多い。

「少し休ませてくれ」

ほとんど続け様に吐精した源三郎は、ぐったりとしてしまう。

「では――」

千代は始末紙を股間にあてがって、源三郎のものを拭った。

源三郎が仰向《あおむ》けになると、千代は後ろ向きになって、自分の秘部の後始末をする。

「何だ、一体……まるで腰が蕩《とろ》けるようだった。これが、名器というものか」

「違いますよ。ただの業《わざ》です。剣術の業と同じで、長い日にちをかけて習得した閨《ねや》の業です」

「ふうむ、そういうものか」

源三郎は感心する。

「ねえ、怒らないで聞いていただけますか」

「何の話か知らんが、怒ったりはせぬよ」

「お客さんは、大変にご立派な道具をお持ちですよね」

「うむ。そうらしいな」

やや誇らしげに、源三郎はうなずいた。

行く先々の妓たちに指摘されたことで、それは、男にとって最高の栄誉の一つであろう。

「だからこそ、お客さんは、女を扱う術《すべ》を学ばねばなりません」

あまりにも逞《たくま》しすぎるので、遮二無二《しゃにむに》突入されると、女の部分が傷ついてしまう――と千代は言った。

だが、女体《にょたい》への愛撫を習得して、腰捌《さば》きなども覚えれば、何も知らない生娘《きむすめ》から海千山千《うみせんやません》の年増女《としまおんな》まで、自由自在に女体を昇天させられる名品となるはず、源三郎にはその才能がある――と続けた。

「あたしが咳をした時に、すぐに動くのを止めたのは、女に優しい証拠ですもの」

「そうか、乱暴で痛かったのか。すまんな」

素直に詫びる源三郎だ。

「痛いと言ってくれれば、よかったのに」

「いいえ」

千代は、ゆっくり首を横に振った。

「お客さんは別ですけど――普通の男の人は、あの最中に痛いとか止めてとか言われると、大抵、逆上するんです。殴られたり、下手をすると、絞め殺されます。だから、五体の力を抜いて相手が終わるまで辛抱して待つのが、遊女として安全なやり方なの」

「それが毎日か、大変な稼業だな。やくざの用心棒の方が、よっぽど気楽だ」

「ふふ」

好ましげに、千代は、源三郎の顔を覗きこむ。

「街道筋の遊女風情に、そんなことを言ってくれる男の人は、本当に少ないんですよ。本当に優しいんだから。惚れてしまいそう……」

「俺も、お前に惚れたようだ」

源三郎は、千代の頭を引き寄せて、接吻しようとする。

「でも……」

千代は躊躇った。労咳が彼に伝染《うつ》ることを、心配しているのだろう。

「馬鹿だなあ。さっき、口を吸い合ったではないか。一度すれば、二度でも百度でも同じことだ」

そう言って、源三郎は、千代を引き寄せて口づけをした。千代も情熱的に、舌を使う。

しばらくして、二人が唇を離した。

「あたしのこと、千代と呼んで」

「うむ。俺のことは、源三郎と呼んでくれ」

互いに、燃えるような瞳で見つめ合う。

「源三郎様……」

「千代」

そう呼び合って、二人は再び、唇を合わせた。

長い時間、穏やかに舌の交歓をする。

「では、何から教えてくれるのだ」

源三郎が問うと、千代は、夜具から出ながら、

「まず、爪を切りましょう――」

行灯に灯を入れて、千代は、源三郎の両手の爪をきれいに切ってやった。

「伸ばした爪も、女の大事なところを傷つけますが、切ったすぐ後の爪も、角が鋭くて危ないいんです。だから、暇を見つけて畳の縁《ふち》や板の間で、爪の先を磨くの。これが基本の基本、剣術で言えば、木刀の素振りのようなものですよ」

こうして——仇敵持《かたきも》ちと自前女郎の奇妙な同棲生活が、始まったのである。

毎日毎夜、千代は自分の肉体を手本にして、女体の扱い方を源三郎に教えこんだ。

花孔に挿入してからの男根の動かし方も、である。

のちに、御崎源三郎が川越の大滝村で姫割り役を務めることができたのは、この時の千代の教えのおかげであった。

無論、教えているうちに熱が入りすぎて、師匠も弟子も本気になってしまい、そのまま吐精まで行ってしまうことも多かった。

その一方で、千代は「いずれ、役に立つこともあるでしょうから」と、薬草についで詳しく教えてくれた。

千代は、『百草覚書《ひやくそうおぼえがき》』という古びた手書きの本を持っていた。

その本の著述に基づいて、薬草の種類と生薬にした時の効能、毒草についても、源三郎に教える。

千代の父も祖父も、名護屋《なごや》に住む本草家《ほんそうか》——薬物研究者であった。

この『百草覚書』は祖父の書いたもので、それに父の増井久蔵《きゆうぞう》が補筆している。

母は千代が小さい頃に病死し、父と娘の二人だけの親子であった。

しかし、久蔵は研究に打ちこむあまり、高利の借金を作ってしまった。

その借金を返すために、十五歳の千代は、武家屋敷に奉公することになった。

しかし、それは偽《いつわ》りで、千代は女衒《ぜげん》に無理矢理に犯されて、遊女として追分宿の茶屋に売られたのである。

が、彼女が娼婦に身を堕《お》としてから二年目に父親の久蔵が急死し、生前の遺言で、『百草覚書』が千代のもとに届けられたのである。

追分宿の遊女が旅人に有名といっても、そこは山奥のことだから、近隣から売られて来た娘は垢抜《あかぬ》けない。下手をすると、手や足に、あかぎれがあったりする。

だが、名護屋から来た本草家の娘である千代は、肌も白く、並の男よりは教養も深い。しかも、美人だったから、すぐに売れっ妓《こ》となった。

しかし、男に抱かれるのが厭《いや》で厭でしょうがない千代は、客あしらいが下手で、一年もすると急に客が減って来た。

その時、先輩の遊女でお昌《まさ》という気のいいのがいて、千代に客を上手に扱う方法を教えてくれたのである。

美人でも若くもないお昌だったが、接客が上手いので、近在からの馴染み客が多かった。

痛いことをする客がいたら、文句を言うのではなく、躯から力を抜いて相手が果てるのを待て――というのも、お昌が教えてくれたことだった。

さらに、お昌は、括約筋《かつやくきん》を鍛えて男のものを締めつける練習の仕方なども、千代に伝授してくれた。

お昌は二十四の時に、岩村田宿の旅籠《はたご》の隠居に身請けされたが、その二年後に、火事のために隠居ともども亡くなったという……。

お昌の教えのおかげで、千代には馴染み客が増えて、若狭屋の稼ぎ頭《がしら》になった。

それで、十年目に年季明けした時、自前女郎になって小屋を改造してもらった貯《たくわ》えもできた。

のである。

その後、千代は労咳を発病して、遊女稼業は開店休業の状態だったが、そこへ御崎源三郎がやって来た――というわけだ。

若狭屋の主人の太平次《たへいじ》も、店の者も、この風変わりな同棲男女を半ば冷笑して眺めていた。

状況が一変したのは、その年の暮のことだった。

三

晦日《みそか》の晩に、生酔いの浪人者が若狭屋に上がった。

お糸という十六歳の妓《おんな》が相手をしたのだが、その髭面《ひげづら》の浪人者は態度が悪いと言って、いきなり、大刀《だいとう》を引き抜いたのである。

逃げようとしたお糸は、背中に斬りつけられた。

わっと皆が逃げ出す中、平然と近づいて行ったのは、腰に脇差のみを帯びた源三郎だった。

「何だ、貴様はっ」

「貴公……無腰の女しか斬れないのか」

「ぬかしたな。では、貴様をぶった斬ってやるわっ」

怒鳴りながら大刀を振りかぶった浪人者だが、勢い余って鴨居《かもい》に斬りこんでしまった。

その瞬間、源三郎の脇差が、きらりと光った。

浪人者は悲鳴を上げて、仰《の》けぞった。

大刀は鴨居に斬りこんだままで、右手も柄《つか》を握ったままであった。

源三郎は抜き打ちで、相手の右腕の肘《ひじ》から先を、大根でも切るように見事に切断したのである。

天井の低い室内では、長い大刀よりも短い脇差が有利であることは、剣術の初歩であった。

峰打ちですませることもできたが、この浪人者が弱い遊女に斬りつけたことが、源三郎は許せなかったのである。弱い者に理不尽な真似をする奴を、見過ごしにできないのだ。

座敷に臀餅《しりもち》をついた浪人者は、自分の右腕の切断面から流れ出る血を見て、気を失った。

「ご亭主、座敷を血で汚してすまなかったな」

そう言い捨てて、源三郎は、千代の小屋へ戻った。

結局、その浪人者は出血が止まらなくて死亡した。宿役人たちが相談の上で、死骸を行き倒れとして処理したそうだ。

幸いにもお糸は浅傷《あさで》で、傷もすぐに塞《ふさ》がった。

この事件以来、御崎源三郎は「先生」「源三郎先生」と、若狭屋の用心棒的な扱いを受けることになった。

やくざや柄の悪い客などが凄むと、源三郎が出て話をつける。どの揉め事も、刀を抜くまでもなく収まったのは、源三郎の貫禄であろう。

「大丈夫でしょうか、源三郎様」

千代は心配して、言った。

「もしも、浦波藩《うらなみはん》に関わりのある人が客として来て……揉め事を捌《さば》く現場を見られてしまったら」

「そこまで気にかけることはないだろう」

源三郎は、千代を安心させるために、笑い飛ばした。

浪人者の右腕を切断した夜に、源三郎は、千代に自分が仇敵《かたき》持ちであることを打ち明けていたのだ。

勿論《もちろん》、千代は、誰にもそのことを話してはいない。

源三郎としては、用心棒として若狭屋の者たちに一目置かれることによって、千代の立場を少しでもよくしたかったのである。

春になって暖かくなると、薄紙を剝《は》ぐように千代の体調がよくなって来た。

源三郎は、宿場の近くの野山を廻って薬草を集めては、生薬《しょうやく》や薬草茶、薬草酒を作った。

そして、それを千代に服用させるだけではなく、店の者や宿場の者にも無料《ただ》で分けてやった。

分けてやる時に、「これは千代に作り方を教わった」と言うのを忘れずにだ。

梅雨になる頃には、「姐《ねえ》さん、少し肥えたんじゃないか。やっぱり、先生の薬の効能かね。それとも、男の精が滋養になってるのかねえ」とお兼婆《ばあ》さんがからかうほど、千代の具合はよくなった。

体力の消耗する夏場でも、千代は寝こむことは少なく、「源三郎様の精で、本当に労咳がよくなったのかしら」と千代も言い出した。

源三郎が「では、早速、精を服用してみるか」と際どい冗談を言うと、「はい、いただきます」と、千代は素直に彼の股間に顔を埋《うず》める。

「ああ、このにおいが好き……」

そう言いながら唇と舌と指を駆使する千代の奉仕は、絶妙であった。

彼女の頭や首を撫でながら、源三郎は、その奉仕を愉《たの》しむ。

そして、したたかに放ってやった。

それを嬉しげに飲みこんだ千代は、男根の内部に残留している聖液まで啜《すす》りこむのである。

やがて秋が来て、小屋の脇の彼岸花《ひがんばな》が咲き誇り、十五夜の日になった。

源三郎と千代は、母屋《おもや》での月見に参加せずに、二人だけで小屋の無双窓から夜空を仰《あお》いだ。

「ねえ、源三郎様。このまま労咳が治ったら、あたし、子供が産めるかしら」

団子を盛った三方の前で、源三郎の肩にもたれかかりながら、千代は言った。

「そりゃ、産めるさ。女の軀《からだ》は男と仲よくすると、子を孕《はら》むようにできているんだから」

「じゃあ、今以上に仲よくしないといけないのね」

十五夜月を眺めながら、千代は微笑する。

「でも、近頃は、源三郎様が上達しすぎて、あたし、翻弄《ほんろう》されるばっかり」

「出藍《しゅつらん》の誉《ほま》れというやつかな」

「でも、嬉しい……不幸ばかりだったあたしの人生に、こんな幸せな日々があるなんて」

「それは、私も同じだよ」

しんみりと源三郎は言う。

「浦波領から山越えをして抜け出した時には、私の人生はこれで終わった——と思ったものだ。こんな人並みの暮らしを得られるとは、思ってもみなかった」

そう言って、源三郎は、千代の頤《おとがい》に指をかけた。

「……………」

顔を上向きにした千代は、静かに目を閉じて、男の接吻を待つ。

源三郎が、その唇に自分のそれを重ねようとした、その時——千代が力いっぱい、源三郎の胸を突き飛ばした。

次の瞬間、異様な呻《うめ》き声とともに、千代は喀血《かっけつ》した。盥《たらい》一杯ほどの鮮紅色《せんこうしょく》の血が、板の間を濡らす。

「千代、千代っ、しっかりしろっ」

源三郎が、彼岸花よりもさらに赤い血の海の中から千代を抱き起こすと、

「源三郎さ……」

千代は「様」まで言えずに、彼の腕の中で息を引き取った。

一見、回復したように思えた裏側で、労咳は確実に進行していたのだろう。

ひょっとしたら、源三郎と一日でも長く暮らしていたい——という千代の思いが、病状が外に出ることを無意識に抑制していたのかもしれない。

千代は死んだ。

そして、源三郎の心の一部も、この時に死んだのであった。

多くの遊女が眠る泉洞寺《せんどうじ》の墓地に、千代も葬《ほうむ》られた。

源三郎は、彼女の棺《ひつぎ》の中に『百草覚書』を入れてやった。

繰り返し繰り返し読みこんで、中身はほぼ覚えていたし、祖父や父の書いたものと一緒ならば、千代も安心して成仏《じょうぶつ》できるだろう――と考えたのである。

千代の葬儀の後に、若狭屋の主人の太平次は「源三郎先生。このまま、用心棒として居てくださいよ」と源三郎を口説いた。

若い妓を一人、情婦《いろ》として源三郎に付ける――とまで言った。

それが遊女屋の主人としての彼なりの好意だとわかっているので、源三郎は怒りもせずに、丁重に断った。

追分宿を源三郎が発つ時は、あの遣手《やりて》婆ァのお兼でさえ、「先生、寂しくなるよう」と涙ぐんだものである。

一年間も、寝起きを共にしたにも関わらず、不思議なことに、源三郎に労咳は伝染《うつ》らなかった。千代が守ってくれたのかもしれない。

そして、中仙道を下っていた源三郎は、いかなる巡り合わせか、大滝村の名主である津田次郎兵衛《じろべえ》一行の危難に遭遇したのだった……。

源三郎様、あたしのことは思い出さなくていいですからね、きれいさっぱり忘れてくださいな——と増井千代は夢の中で言った。

(千代は、なぜ、忘れろなどと……)

十五夜月の光を浴びて息を引き取った千代の面影を片時たりとも忘れたことのない源三郎は、ただ訝《いぶか》るばかりであった。

第九章　毒《どく》　女《おんな》

一

眠れぬ御崎源三郎《みさきげんざぶろう》は夜具から抜け出すと、脇差だけを腰に差して、後架《こうか》へ行った。

そして、自分たちの部屋へ戻ろうとすると、廊下の隅に蹲《うずくま》っている影があった。

「――お銀、そこで何をしている」

それは、女壺振《おんなつぼふ》り師のお銀であった。

源三郎を色仕掛けの罠《わな》に嵌《は》めて簪《かんざし》で刺そうとしたが、逆に臀孔《しりあな》まで犯されてしまった女悪党である。

「旦那っ」

お銀は、源三郎の足にすがりついた。

「お願い、もう一度だけ抱いて。旦那のあれの味が、忘れられないの」

「御免だな。俺は、二度も騙されるほどお人好しではない」

無頼浪人としての芝居を続けて、素っ気なく断る源三郎であった。

「いえ、今度は罠じゃありません。信じてもらえないなら、両手両足を縛《しば》っても
らっても、かまいませんよ。牝犬《めすいぬ》以下の奴隷扱いでもいいから、あたしを荒っぽ
く犯してくださいな」

必死で掻き口説く、お銀だ。

何の前戯もなく後門を貫かれて、あまりの激痛に絶叫していた女である。

それが、自分から抱かれることを熱望するとは、衝撃的な体験のために痛覚神
経が逆転して、完全な被虐《ひぎゃく》奴隷として目覚めてしまったのだろうか。

「もし、犯してくださったら、明日のことをお話ししますっ」

「明日のこと？」

「はい。ご用人《ようにん》の石渡《いしわたり》様が、明日、何を企《たく》んでいるのか――を」

源三郎は、胸の高鳴りを抑えながら、

「どうして、お前がそれを知っているのだ」

「ご用人様が寝物語に、自慢げに話してくれました。あたし、ご用人様にも抱か

れたんです。男の道具は、本当に最低のお粗末なものでしたけど」

「……」

源三郎は黙りこんだ。

お銀が本気なのか、それとも、これ自体が石渡兵庫《ひょうご》の罠か――どちらなのか、判断がつかなかったのである。

「……たしかに、明日のことは一応、知っておいた方が安全だな。俺だけ村八分で貧乏籤《くじ》を引かされたのでは、たまらん」

無頼浪人らしい理屈をつけて、源三郎は、お銀の提案を受け入れた。

お光《みつ》を連れて、この地獄屋敷から無事に脱出するためには、少しでも明日の「大事」の内容を知っておいた方がよい。

「だが、嘘偽《うそいつわ》りを申すと、今度こそ叩っ斬るぞ」

「はい、はいっ」

嬉しそうに言ったお銀は、源三郎を空き部屋に連れこんだ。六畳間である。

すぐに跪《ひざまず》いて、源三郎の肌襦袢《はだじゅばん》の前を開くと、下帯《したおび》から肉根をつかみ出す。

咥《くわ》えた。

目を閉じて、しゃぶる。

廊下の常夜燈《じょうやとう》の明かりが、襖《ふすま》と襖の間から細く差しこんで、ぼんやりと六畳間を照らしていた。

「おい、明日の話を聞かせろ」

「待って……これが終わってからにして」

男根から口を外して、お銀は言う。

そして、畳に仰向《あおむ》けに横たわると、「胸の上を跨《また》いで」とせがんだ。

源三郎がその通りにしてやると、首をもたげて、肉根の先端を呑む。

しゃぶりやすいように、源三郎は、お銀の頭の後ろを右手で支えてやった。

「おぐ……うぐぅ……」

ひどく不自然な体勢で、お銀は男根に奉仕する。

無理矢理咥えさせられているという哀《あわ》れな牝犬奴隷という妄想が、さらに悦楽を高めるのだろう。

このような被虐の快楽に目覚めた女を、この時代の淫語で〈泣嬉女《なきめ》〉と呼ぶ。

やがて、源三郎の男根は雄々《おお》しく屹立《きつりつ》した。

「最初に秘女子を犯して、それからお臀の孔にぶちこんでください。さっき、途中までだったから」

お銀の目には、色情の炎が燃え上がっている。

「わかった」

源三郎は、手早く女壺振り師の帯を解いて、着物を脱がせた。肌襦袢も下裳《したも》も剝《は》ぎとる。

そして、両膝をついて臀を浮かせ気味にすると、お銀の左足を右肩に担ぎ上げた。

剝《む》き出しになった赤紫色の亀裂に、巨根を突き入れる。そこは、しとどに濡れそぼっていた。

「ひいィ……っ」

奥の院まで占領されて、お銀は、歓びの悲鳴を上げた。

源三郎は、肌襦袢の袖《そで》を咥えさせて、悦声《よがりごえ》が廊下に洩れないようにする。

この態位は、臀を浮かせているので、腰を使いやすい。

しかも、正常位などと違って、女は結合部を見ることができるので、さらに興奮する。

源三郎は、力強くお銀の花園を責めた。

そして、巨根に充分に愛汁《あいじゅう》をまぶしてから、ずぼっと蜜壺から引き抜く。

くすんだ灰色の後門に、源三郎は、濡れた巨根を侵入させた。

「お……アァァっ」

肌襦袢の袖を破りそうなほど強く噛んで、お銀は呻《うめ》き声を洩らす。

二度目の後門姦だが、今度は、ゆっくりと抽送した。

線香が一本燃え尽きるほどの時間で、お銀は正気を失ったように悦《よ》がりまくり、興奮と悦楽の頂点に達した。

後門括約筋《かつやくきん》を痙攣《けいれん》させる。それに合わせて、源三郎は暗黒の狭洞《きょうどう》に吐精した。

三度もお光と交わりながら一度も射出していなかったので、怒濤のように勢いよく大量に放つ。

しばらくしてから、軽い失神から覚めたお銀が、

「これで、前の孔も口もお臀も征服されて、本当の牝犬奴隷になれたのね……」

満足そうに呟《つぶや》いて、下裳で後始末をする。源三郎の肉根を拭うと、

「浄《きよ》めさせてくださいな」

再び、それを咥えた。

源三郎は、その献身的な奉仕の姿を見下ろしながら、

「お銀。そろそろ、話してくれてもいいだろう」

「はい……実は――」

男根を舐めしゃぶりながら、女壺振り師は、不明瞭な声で語り始める。

それは――恐るべき内容であった。

二

翌日の巳《み》の上刻《じょうこく》――午前十時過ぎに、小日向《こびなた》の本屋敷から来た当主の一行は、本所の別宅――つまり、地獄屋敷に着いた。

小太りで人のよさそうな顔をした近藤豊前守《ぶぜんのかみ》は、三十半ばである。地味な感じの正室の菊野《きくの》は三十前後、長男で跡継の松丸《まつまる》は十歳だった。

側室の八重《やえ》は、二十六、七。元は深川の売れっ子芸者というだけあって、ひどく色っぽい。

その八重が産んだ次男の幸丸《ゆきまる》は、七歳だ。

八重と幸丸は、早朝に根岸の別宅を出て小日向の本屋敷へ行き、豊前守の一行と合流したのである。

無論、中間頭《ちゅうげんがしら》の甚七《じんしち》の指図で、未明に賭場《どば》の盆茣蓙《ぼんござ》は片付けられ、まともな屋敷のように取り繕《つくろ》われていた。

御崎源三郎と四人の浪人たちも、姿を見られないようにしている。

居間に落ち着いた一行に、別宅用人の浅沼喜左衛門《あさぬまきざえもん》が挨拶する。家老の宮久保《みやくぼ》監物《けんもつ》と用人の石渡兵庫は、豊前守の脇に控えていた。

そこの床の間には、太鼓形《たいこがた》の金魚鉢桶《きんぎょばちおけ》が置かれていた。

丸い結桶《ゆいおけ》を横向きに立てて、その両側にギヤマンの板を嵌《は》めた造りである。上の部分に、餌《えさ》を入れる小窓があった。

孔雀《くじゃく》のように優雅な尾をした地金が二匹、円形の水の中を優雅に泳いでいる。

そこへ、腰元姿のお光が茶を持って来た。

まず、当主の豊前守に、そして嫡男《ちゃくなん》の松丸に、次に正妻の菊野の前に置く。

それから、次男の幸丸、側室の八重の前に茶を置いた。

「……………」

八重の目は、異様に光っている。その八重を、石渡用人がさりげなく見ていた。

お光は、宮久保家老と石渡用人、浅沼用人の前にも茶を置くと、座敷の隅に退《さ》がった。

一同に茶が置かれたのを見てから、豊前守が、茶に口をつけた。

それを確かめてから、他の者も湯呑みに手を伸ばす。

「お待ちくださいっ」

八重が鋭い声で言った。

「幸丸様のお茶は、何か色合いが妙でございますっ」

「八重、どういうことだ」

豊前守は、怪訝《けげん》そうに側室を見る。

「御免なされませ」

幸丸の湯呑みを取り上げると、八重は裳裾《もすそ》を引いて、床の間の方へ行った。

金魚鉢桶の小窓を開けると、そこから水に茶を垂らす。

二匹の高価な地金は、たちまち身悶《みもだ》えして、腹を上にして浮かんでしまった。

死んだのである。

「この茶は毒入りにございますぞっ」

それを聞いて、皆は手にしていた湯呑みを、あわてて茶托に置いた。

「しかし、わしが飲んだ茶は、何ともなかったぞ」

豊前守が言うと、八重はうなずいて、

「ですから、殿様。幸丸様の茶にだけ、毒が入れてあったのでございましょう」

座敷の隅のお光を、きっと睨みつける。

「これ、そこの者。初めて見る顔だが、誰に頼まれて幸丸様を毒殺しようとしたのじゃっ」

「いえ……わたくしは……」

弁解しようとするお光に、脇差を抜いた石渡用人が飛ぶようにして迫った。

「この不忠者めっ」

切っ先をお光に突きつけて、浅沼用人を振り返り、

「浅沼殿。このお光という娘は、どこの口入れ屋からの周旋《しゅうせん》かっ」

「いえ、それが……口入れ屋からではございません。十日ほど前にご家老の宮久保様の紹介状を持って参りましたもので。ご家老の遠縁の者という触れこみでしたので、つい信用いたしました」

当惑した様子で、浅沼用人が言う。

「いや、待て」白髪頭《しらがあたま》の宮久保家老が、

「わしは、そのような紹介状を書いた覚えはないぞ。そんな娘は知らぬ」

「これは奇妙でございますな」

片膝立ちの石渡用人が、家老を見つめて言う。

「畏《おそ》れ多いことながら、嫡男の松丸様を毒殺するというのならば、話はわかります。ご側室の八重様が、ご自分の産んだ幸丸様を跡継にするために、松丸様を亡き者にと考えた――のであれば」

「まあ、石渡殿」

非難する口調の八重だ。大袈裟《おおげさ》に、顔をしかめて見せる。

「いえ、無礼はお許しくださいませ」

石渡は形だけ、頭を下げた。

「ですが、ご次男の幸丸様を毒殺したとしても、誰にも得はないはず。だが、それは全て、物事を普通に考えればでござる」

「兵庫」豊前守が言った。

「その方《ほう》には、幸丸の毒殺を命じた者の企みが、わかっているような口ぶりだな」

「ご賢察《けんさつ》、畏れ入ります」

石渡用人は、主人の言葉を肯定してから、

「実は、わたくしの耳に以前から入っておりました噂《おこ》では……まことに申し上げにくいことではございますが、松丸様は殿の実の御子ではない、と」

「何と申すか、兵庫っ」

さすがの豊前守も、激高した。

「松丸様が元服なさる頃には、顔立ちや振る舞いから、殿のお種《たね》でないことがわかってしまう。そうすれば、跡継は次男の幸丸様になってしまうかもしれない――不忠者は、そう考えて、先手を打って幸丸様を毒殺しようとしたのでございましょう」

「誰だ、その不忠者はっ」

「先代から御家に仕《つか》えて殿の信頼も篤く、奥方様に近づいても疑われない者――そう申し上げれば、おわかりでございましょう」

「まさか……」

「御意《ぎょい》。ご家老の宮久保監物様にございます」

「兵庫、おのれはっ」

顔を真っ赤にして、宮久保家老は叫んだ。

「何の怨《うら》みがあって、そのような戯言《ざれごと》を申すか。今すぐ取り消さねば、捨て置かぬぞっ」

「いいえ、戯言ではございませぬ。証拠は、死んだ金魚とこの娘」

平然として、石渡用人は言う。

「奥よ、身に覚えがあるのかっ」

豊前守は、正室の菊野に向かって言った。

「いいえ、殿様」

菊野は蒼白になっていた。

「わたくし、断じて不義などいたしておりませぬ。松丸様は、紛《まご》うことなき殿様の御子にございます」

「奥方様、ご家老様」

石渡用人が、冷酷な口調で言う。

「今さらの言い逃れは、見苦しゅうございますぞ。お覚悟なされませ」

「――いや、違うな」

さっ、と隣との境の襖《ふすま》が開かれた。そこに立っていたのは、御崎源三郎である。

「覚悟を決めるのは……石渡兵庫、貴様だ」

三

源三郎のあまりにも意外な言葉に、狡猾《こうかつ》な石渡用人も一瞬、啞然《あぜん》としてしまう。

その隙《すき》に、お光は、源三郎の陰に隠れた。

「豊前守様に申し上げます」と源三郎。

「この場のことは全て、石渡兵庫と浅沼喜左衛門、それに中間頭の甚七の企《たくら》んだことでございます。宮久保監物様にも奥方様にも、何の関わりもありません」

「その方《ほう》は何者か」

近藤豊前守の誰何《すいか》に、源三郎は頭を下げて、

「御崎源三郎と申す浪人にございます。石渡に雇われて、明日は大事が起こるから反抗する頑固な家来どもを斬れ——と命じられました」

「な、何を言うか、痴《し》れ者《もの》っ」

石渡用人は、怒鳴りつけた。

「兵庫、黙れ。わしは、この者の話が聞きたい」

近藤豊前守が叱りつける。

「豊前守様にお尋《たず》ねしますが、ご当家には五代将軍綱吉公から賜《たまわ》ったという銀《ぎん》煙管《ぎせる》なる家宝が、ございますか」

「いや、そのようなものはないぞ。三代様や八代様からの拝領物ならあるが」

宮久保監物が、即答した。

「左様でございましょうな」

源三郎は、お光が拝領物の煙管を踏み折ったと石渡兵庫に因縁をつけられて、この地獄屋敷に連れこまれ、毒茶を出すように命じられたことを説明する。そして、

「このお光に毒茶を運ばせたのは、幸丸様毒殺事件を捏造《ねつぞう》して、宮久保様と奥方様を陥《おとい》れ、長男の松丸様を廃嫡《はいちゃく》して次男の幸丸様に家督相続させて、その後ろ盾《だて》となり、近藤家を乗っ取ろうとした石渡兵庫の陰謀にございます。わざわざ、お光を外から引っぱって来たのは、宮久保様に罪を被せるため」

源三郎は、淡々と真相を暴《あば》いた。

「黙れ、黙れっ」

石渡用人は目を血走らせて、

「野良犬同然の貴様の言うことなど、誰が信じるものか。証拠があるのかっ」

「――生き証人なら、ここにおりますよ」

隣の座敷から入って来たのは、女壺振《おんなつぼふ》り師のお銀であった。

「お殿様」

畳に両手をついて、お銀は頭を下げる。

「あたしは銀という瘋癲女《ふうてんおんな》で、このお屋敷で毎夜、開かれる賭場《どば》で壺振りをしておりました。この耳で、石渡の旦那から、わしは御家《おいえ》を乗っ取ってみせる――という言葉をたしかに聞きました。そのために、ご家老様の筆蹟《ひっせき》そっくりの偽《にせ》手紙を書ける代筆屋を探してくれと頼まれました。湯島の忠吉《ちゅうきち》という男でございますから、調べていただければ、すぐにわかります」

「どうだ、兵庫。これでもまだ、言い逃れできるかっ」

源三郎が問い詰めると、

「ええい、みんな出て来い。本屋敷の者は、殿以外は皆殺しにしろっ」

逆上して、石渡用人が叫ぶ。

「おおっ」

四人の浪人者が、襖《ふすま》を蹴倒してなだれこんで来た。中間頭の甚七も、匕首《あいくち》を手に乗りこんで来る。

騒ぎを聞きつけて、控え屋敷にいた家来たちも居間に駆けつけた。

「斬れ、容赦なく斬り捨てろっ」

兵庫は、正気を失った者のように喚《わめ》いた。

たちまち、四人の浪人者と家来たちの斬り合いとなった。

お光とお銀を背後に庇《かば》った源三郎は、脇差を抜く。

「裏切り者がっ」

大兵《だいひょう》肥満の浪人者が、源三郎に斬りかかって来た。

源三郎は、その刃《やいば》を打ち払うと、そいつの首の付け根を斬り裂いた。

人を斬りたくはないが、こいつらを生かしておくとお光にどんな災いがふりかかるか、わからないのだ。

「わあっ」

その浪人者は大刀を放り出して、仰向《あおむ》けに倒れる。

だが、残りの三人の剣に、本屋敷から来た家来たちは次々に傷を負わされていた。

「お前たちは、ここを動くな」

源三郎は、お光とお銀にそう言ってから、長身の浪人者の方へ向かってゆく。

その浪人者は、宮久保監物に斬りかかっていた。

「おいっ」

そう声をかけてから、振り向いた浪人者を横薙《よこな》ぎにする。

浪人者は後ろへ跳び退《さ》がって、その刃をかわした。が、そこに転がっていた湯呑みを踏んで、体勢を崩してしまう。

その左の肩口に、源三郎は脇差を振り下ろした。

「がっ……」

袈裟《けさ》懸《が》けに斬られたそいつは、横向きに倒れる。

「忝《かたじけ》ないっ」

宮久保家老の礼の言葉を背中で聞いて、源三郎は、顎《あご》に傷のある浪人者の方を見た。

そいつは、松丸の構えた刃を払い落として、斬りかかろうとしている。

「あ、危ないっ」

松丸を庇って抱きかかえたのは、お光であった。

そのお光ごと松丸を斬ろうと、顎傷の浪人は大刀《だいとう》を振り下ろした。

「ぐえっ」

奇妙な呻《うめ》きを上げて、その浪人は、大刀を取り落とす。

源三郎が、そいつの背後から、諸手《もろて》突《づ》きで刺し貫いたからだ。

自分の胸の真ん中から顔を出している脇差の切っ先を見て、顎傷の浪人者は信じられないという顔になる。

源三郎が脇差を引き抜くと、浪人者は、前のめりに倒れた。

「う……」

お光が小さく呻いたのは、落とした大刀で右腕を傷つけられたからである。

「お光、大丈夫かっ」

思わず、源三郎は、十八娘に駆け寄った。

「……平気です」

健気《けなげ》に、お光は微笑《ほほえ》んでみせる。

矢絣《やがすり》模様の着物と肌襦袢《はだじゆばん》の袖《そで》は、斬り裂かれている。だが、たしかに、肌の傷は深くないように見えた。

ほっとした源三郎の耳に、

「あっ、駄目っ」

お銀の叫びが聞こえた。

振り向くと、源三郎を背後から斬ろうとした色黒の浪人者の腰に、お銀がしがみついていた。

「こいつめっ」

そのお銀の背中を斬ったのは、石渡兵庫であった。

「ああっ」

悲鳴を上げたお銀を、色黒の浪人者は腰を一振りして、跳ね飛ばした。

そして、源三郎の方へ向き直ろうとする。が、その時には、擦《す》れ違った源三郎の刃が、右脇腹を斬り裂いていた。

「うおおっ」

色黒の浪人者は、大の字になって前方に倒れる。

「兵庫っ」

源三郎は、お銀を斬った石渡用人に迫った。

「くそっ」

破れかぶれになった石渡用人は、諸手突きで突っこんで来る。

源三郎は軀《からだ》を半身に開いて、その次の瞬間かわした。

そして、伸びきった石渡用人の両腕を、肘《ひじ》の先で両断する。大刀の柄《つか》を握ったままで、両腕が畳に落ちた。

「あ、あああァっ」

肘から先がなくなった自分の腕を見て、石渡用人は悲鳴を上げた。眼球が、こぼれ落ちそうになっている。

源三郎の刃が、逆袈裟に斬り上げた。

「ぐ………」

石渡兵庫は、後頭部から畳の上に倒れこんだ。

「お銀っ」

血振りした源三郎は、倒れているお銀を片腕で抱き上げた。

「旦那……お役に立って……嬉しい」

それだけ口にすると、お銀は目を閉じる。その薄い唇は、笑みを浮かべているように見えた。

悪女ではあったが、源三郎に抱かれて、最後には善《よ》いことをして死んだのである。

「すまん、お銀……」

源三郎は目を閉じて、お銀の冥福を祈った。

お銀の亡骸《なきがら》を横たえてから、源三郎が立ち上がると、甚七は家来たちに斬り殺されていた。別宅用人の浅沼喜左衛門も、だ。

「源三郎とやら、礼を申すぞ」

近づいて来た豊前守が言った。

「ご無事でようございました」

源三郎は頭を下げる。

「それにしても、一つだけわからぬことがある。兵庫は、どうして己《おの》れが幸丸の後見役になれると思ったのだろうか。まさか……」

疑惑のこもった目で、豊前守は、側室の八重の方を見た。

八重は、幸丸を抱いたまま、瘧《おこり》のように震えている。

豊前守は、幸丸こそが種違《たねちが》いの子で本当の父親は石渡兵庫ではないか――と思っているのだ。

「豊前守様」と源三郎。

「ご側室様は、この惨状をご覧になって、仏道に入るご決心をされたようですな」

「何、尼になるというのか」

「ご次男の幸丸様も、同じご決心でしょう。御家のために、それが最もよい道と思われます」

昨夜――お銀の口から、幸丸は石渡兵庫の子だと聞かされていた源三郎である。

つまり、側室の八重は石渡用人と不義を働いて、幸丸を身籠《みごも》ったのだ。

それで、石渡用人は、長男の松丸を廃嫡して、自分の子である幸丸に近藤家を継がせようとしたのだった。

しかも、その手口を考えついたのは、八重だったという。

幸丸が殺されるところだった――という芝居をして嫡男と正室と家老を亡き者にしようとした八重こそは、本物の毒女であった。

だが、そのことを今、暴いてみせても、混乱が深まるばかりである。

「殿。この御仁《ごじん》の申すことは、正しいように思われますが」

脇から、宮久保監物が言う。

「むむ……わかった。後のことは、監物に任せる」

近藤豊前守は、うなずいた。

「では、豊前守様。我ら両名は、このまま引き取らせていただきます。この場で起こったことは、決して口外しませんので、ご安心を」

源三郎がそう言った時、

「もし、御崎殿」

正室の菊野が、声をかけて来た。

「そなたに、頼みがあります」

第十章　男装娘の涙

一

中仙道《なかせんどう》の浦和宿を通り抜けた頃には、すでに日は暮れていた。

空に残照はあるが、街道に人影はなく、両側は広々とした田畑である。

次の大宮宿までは、一里と十町。

その大宮宿の先に、左へ曲がる道が分岐していた。これが、川越に通じている。

御崎源三郎《みさきげんざぶろう》は、今夜は大宮宿に泊まるつもりだ。

大滝村の名主の次郎兵衛《じろべえ》が、大宮宿の菓子屋で売っている黒飴《くろあめ》が好きだったことを思い出して、買って行こうと思いついたのである。

（あれでよかったのだろうか……）

足を進めながら、源三郎は考えていた。

斬り合いの終わった後で、源三郎たちは別間に移った。

そこで、近藤豊前守《ぶぜんのかみ》の正室である菊野《きくの》が、源三郎に「実は」と切り出したのは、お光《みつ》のことであった。

お光を、嫡男《ちゃくなん》の松丸《まつまる》付きの腰元として雇いたい――というのだ。

石渡兵庫《いしわたりひょうご》に雇われた顎傷《あごきず》の浪人者に松丸が斬られそうになった時、身を挺《てい》して庇《かば》ったのがお光である。

どうして刃《やいば》の前に飛び出したのかと菊野に訊かれて、お光は、「とっさに軀《からだ》が動いただけです」と言った。

だが、本当の主従であっても、とっさに命賭けで庇うというのは難しいのである。

まして、松丸とは会ったばかりのお光がそのような行動をとったことに、菊野は深く感動した。

それで、菊野は「そなたは、松丸の命の恩人。どうか、このまま近藤家に奉公しておくれ」とお光を口説いたのだ。

源三郎は「お光の気持ち次第ですが」と言ったが、彼女を料理茶屋〈桔梗《ききょう》〉に帰す気はなかった。

何しろ、桔梗の女将《おかみ》のお仲《なか》は、石渡兵庫と組んでお光を嵌《は》めた悪党なのである。近藤家では、出入りの町奉行所与力に話をして、お仲を何か別の罪で捕らえてもらうそうだ。

そうなると、お光は、大滝村に連れ帰るしかない。

だが、村に帰れば、お光の源三郎と一緒になりたいという願いは、極限まで膨れ上がってしまうだろう。

仇敵持《かたきも》ちである源三郎は、妻をもらうことはできない。それに、心の奥に千代《ちよ》の面影が生き続けている。

それに、石渡兵庫の悪党仲間が、お光に対して逆恨《さかうら》みの仕返しをする怖れもあるのだ。

その場合、江戸の町中や大滝村にいるよりは、大身《たいしん》旗本の屋敷の中にいた方が、遥かに安全であろう。

源三郎の様子を見つめていたお光は、「あたし……お屋敷に、ご奉公させていただきます」と言い出した。

一緒に大滝村に戻っても、源三郎と添い遂げることは難しいと、わかったのだろう。

諦め切れぬまま、源三郎と同じ村の中に住んでいるよりは、江戸の旗本屋敷に勤めていた方が耐えられる――と考えたのに違いない。

菊野も豊前守も、そして松丸も、お光が奉公することを承知したので大層、喜んだ。

豊前守は、家老の宮久保監物《みやくぼけんもつ》に、お光の両親宛の手紙を書かせた。さらに、今回の褒美金として二十両を出すように命じる。

源三郎にも同額の褒美金を出すと言われたが、それは辞退した。

そして、手紙と褒美金は、源三郎が預かって、お光の両親に届けることになったのである。

さらに、宮久保家老は、お銀について「この女も、まことに天晴《あっぱ》れであった。決して無縁仏にはせず、どこかの寺に葬《ほうむ》ってやるので、安心してくれ」と請け負ってくれた。源三郎が辞退した二十両は、お銀の供養料にしてもらうことにした。

源三郎が地獄屋敷を出る時に、表門まで見送りに出て来たお光の目には、涙が光っていたようである。

(すまぬ――)

歩きながら、胸の中で、お光に詫びる源三郎であった。そして、お銀の冥福を祈る。

その時、

「む……」

源三郎は、急に足を止めた。

右手に深い雑木林がある。その奥から、今、女の悲鳴が聞こえたようであった。

足音を立てないように気をつけながら、源三郎は、雑木林の中へ踏みこんだ。

耳を澄ますと、押し殺した男たちの声が聞こえて来る。

その声のする方向へ、源三郎は歩を進めた。

「だから、しっかり手拭いを押しこんでおけと言ったではないか」

「大丈夫、陽《ひ》が落ちてから街道を通る者はおらんよ」

灌木《かんぼく》の向こうの草地に、五人の男がいた。羽織袴《はおりはかま》姿の武士で、頭巾《ずきん》で顔を隠している。

陪臣《ばいしん》――大名か旗本の家来だろう。

一人が、街道から見えないように片側を羽織で覆《おお》った提灯《ちょうちん》を、持っている。

その明かりで、こいつらのしていることが、よく見えた。

彼らが四人がかりで、袴を脱がせようとしている相手は、女であった。

若衆髷《わかしゅまげ》で、胸に晒《さら》し布を巻いて、白い女下帯《おんなしたおび》を締めている。つまり、男装の女であった。

十七、八に見えるから、女というよりも娘である。

その娘は、口に手拭いを押しこまれ、両手両足を武士たちに押さえこまれていた。

側に、細身の大小が投げ出してある。

「さあ、袴は脱がせた。次は下帯を引き剝《は》がして、いよいよ弁天様とご対面だな」

足を押さえこんでいる奴が、言う。

「おい、初乗りは貴公か。公平に、籤《くじ》引きにすべきだろう」

右腕を押さえている武士が、主張した。

「何だ。じゃあ、俺は五番目か」

提灯を持っている武士が、不満げに言った。

「揉めている場合ではない」

弁天様とご対面――と言った武士が、仲間の顔を見まわして、

「必ず息の根を止めろ――と命じられたのだから、早く、やることをやってしま

うのだ。そして、終わったら、どこかに埋めてしまえばいい」

そこまで聞いたところで、源三郎は、音もなく提灯を持っている奴の背後にまわった。

気配に気づいて振り向く前に、その右肩に大刀《だいとう》の峰を叩きこむ。

「ぎゃっ」

そいつは、提灯を放り出して、地面に倒れた。

手応えからして、肩の筋肉がひしゃげて鎖骨《さこつ》と肩胛骨《けんこう》が砕けたはずである。

「く、曲者《くせもの》っ」

女の左腕を押さえていた奴が、叫んだ。

「どっちが曲者だ」

源三郎は、そいつの右腕を一撃する。

「があっ」

尺骨《しやつこつ》を粉々に割られたそいつは、臀餅《しりもち》をついた。

残りの三人が、あわてて立ち上がって、大刀の柄《つか》に手をかける。

地面に落ちた提灯が燃え上がって、その炎が、彼らと源三郎の姿を照らし出していた。

「お前たちは、どこの家中だ。それでも侍の端くれか、外道どもめっ」

源三郎が一喝すると、とても太刀打ちできない——と見たのだろう。

骨折した二人の仲間を助けて、彼らは急いで逃げ出した。

「怪我はないかね」

大刀を鞘《さや》に納めた源三郎は、袴をつかんで地面に蹲《うずくま》っている娘に話しかけた。

「来ないで、来てはなりませんっ」

娘は、金切《かなき》り声を上げる。

その時、燃えていた提灯の炎が、ふっと消えた。

なまじ明かりがあったのが、急に消えたので、林の中は真っ暗になる。

「私はここから動かないから、身繕《みづくろ》いをなさい」

源三郎は、落ち着いた声で言った。

輪姦《りんかん》されかかり、その後に殺されるはずだったのだから、娘が興奮していても無理はなかった。

「どうしても私がいるのが厭《いや》ならば、街道まで出て、待っていてもよいが」

「…………」

娘は何も言わない。

さすがに、真っ暗な雑木林の中に一人で残されるのは、気が進まなかったのだろう。

闇の中で、しゅるしゅると衣擦《きぬず》れの音が聞こえる。

しばらくすると、源三郎は、木々の間から洩れる残照で、物の輪郭くらいは見えるようになった。

娘が、手探りで何かを捜しているようなので、

「右の方に、刀が投げ出してあったようだ」

源三郎は教えてやる。

大小を引き寄せた男装娘は、それを杖代《つえ》わりに立ち上がろうとした。

「うっ」

小さく呻《うめ》いて、娘はよろめいた。

源三郎は、とっさに娘の軀《からだ》を支えてやる。

小柄だが、筋肉の発達の具合からして、武術の修業で鍛えた軀だとわかった。

「怪我をしているのか」

「右の足首が……」

「どれ」

屈《かが》みこんで、源三郎は、足袋《たび》を履いた娘の右足に触れる。

「抵抗しているうちに、ひねったのだろう。捻挫《ねんざ》らしいな。仕方がない、浦和宿に戻って手当をしよう」

「わたくしは夜になっても、江戸へ入らなければなりませんっ」

娘が言った。

「それは無理だ。浦和宿から駕籠《かご》に乗っても、次の蕨宿《わらびしゆく》の先に戸田川の渡しがある。日没後に、舟の渡しはないからな」

「そんな……」

「それよりも、そなたを襲った五人は何者なのだ」

「わかりません」

「しかし、あいつらは何者かに、そなたを殺せと命じられたらしいぞ」

「本当にわからないのです。わたくしが、どうしてこんな目に遭《あ》ったのか……」

その言葉に嘘はないようである。

闇の中で、男装娘の甘い肌のにおいが、源三郎の鼻孔をくすぐった。

二

浦和宿の平旅籠《ひらはたご》〈伊勢屋〉に上がると、あてがわれたのは、一階奥の四畳半であった。

おかしな二人連れと思われたのか、お世辞にもきれいとは言い難い部屋である。押し入れはなく、畳んだ夜具が隅に置かれていた。

それでも、夕餉《ゆうげ》の後に、女中に頼むと、晒《さら》し布と膏薬《こうやく》と油紙を持って来てくれた。

油紙に膏薬を伸ばして、男装娘の右の足首に貼りつける。さらに、晒し布を巻いて、固定した。

「そろそろ、名前を訊かせてくれるかな。私は、宿帳にも書いたが、御崎源三郎という浪人だ」

手当が済んでから、源三郎が尋ねると、

「君枝《きみえ》と申します。姓や主家の名は、ご容赦ください」

瓜実顔《うりざねがお》で、猫のような切れ長の眼をした美しい娘であった。正座できないので、横座りになっている。

「君枝殿は、一人で江戸までの旅をされていたのか」

「それは……」

君枝は言い澱《よど》んだ。

「剣の修業をされたようですな」

「幼い時から木刀を握って、正直に申して多少の自信はありました。しかし……五人の暴漢に襲われて、手も足も出ずに……まことに口惜《くちお》しゅうございます」

唇を噛む君枝だ。

「相手が五人なら、並の武士でも勝てなくて当たり前だ。一対一で立ち向かえば、たぶん、君枝殿が勝てただろう」

「そのような気休めをっ」

目の端を吊り上げて、男装娘は源三郎を睨む。その怒った顔は、さらに美しい。

「気休めではない。筋骨の育ち具合で、大体の強さはわかる」

「まあ……」

君枝は真っ赤になって、俯《うつむ》いた。

あの雑木林から、源三郎に抱きかかえられてこの旅籠まで辿り着いたことを、思い出したのだろう。

「事情を話したくないならば、無理には訊くまい」

源三郎は言う。

「ただ、先ほどの奴らに襲撃される怖れがあるから、明日は駕籠を雇って、私が巣《す》鴨《がも》まで送ってあげよう。巣鴨からは町屋が続いているから、奴らも襲えないはずだ。あとは、町駕籠に乗って、どこにあるのか知らぬが藩邸へ行けばいい」

「……………」

君枝は黙りこんでいた。

源三郎は、畳んで積み上げてある二組の夜具から、一組だけを敷く。

それを見て、君枝が、ぎょっとした顔つきになった。

源三郎は、大刀《だいとう》を抱いて、入口の脇の柱にもたれかかる。

「君枝殿は休みなさい。私は、ここで番をしているから」

「しかし……」

「行灯《あんどん》を消す時は、有明行灯に火を移すことを忘れないように。真っ暗闇では、不用心だからな」

それだけ言うと、源三郎は目を閉じた。

「………」

君枝は、しばらくの間、もじもじしていたが、大小を枕許《まくらもと》に並べると、袴《はかま》だけを脱いだ。

源三郎に言われた通りに、有明行灯に火を移して行灯を吹き消すと、夜具にもぐりこむ。

「──源三郎様」

しばらくしてから、君枝が言った。

「どうして、そのように、わたくしに親切にしてくださるのですか」

「理不尽な目に遭《あ》っている人を見ると、放っておけない性分《しょうぶん》でな」

目を閉じたままで、源三郎は言う。

「どのような事情があるのかわからないが──明らかに、君枝殿を襲った奴らの方が非道だった。だから、加勢する気になった。それだけだよ」

「正義感が強いのですね」

「違うっ」

叩きつけるような口調で言ってから、

「すまなかった」

源三郎は、すぐに詫びた。

「だが、私はそんなに立派な人間ではない……もう、休もう」

三

薄闇の中で何かが動いた気配がしたので、源三郎は、浅い眠りから覚めた。

胡座《あぐら》をかいている彼の膝に手をかけたのは、君枝であった。

「何かあったのか、君枝殿」

「源三郎様……」

君枝は、きらきら光る瞳で源三郎を見つめて、

「わたくしを……抱いてくださいまし」

「急に、どうされたのだ」

「君枝は、江戸で死ぬかもしれません。その前に……君枝は、本当の女になりとうございます。何も知らずに死ぬのは、厭《いや》っ」

そう言って、君枝は男の膝に顔を伏せた。低い嗚咽《おえつ》を洩らす。

有明行灯の淡い光に照らされて、その様子を見ていた源三郎は、君枝を抱き起

こした。そして、夜具まで運んで横たえる。

「私でよいのだな、君枝殿」

「はい……」

男装娘は小さく、うなずいた。

源三郎は帯を解いて、着物を脱ぐ。下帯《したおび》だけの姿になると、目を閉じている君枝の帯を解いた。

小袖《こそで》と肌襦袢《はだじゅばん》を脱がせると、残りは胸の晒《さら》し布と幅の狭い白の女下帯だ。無駄なく引き締まった、素晴らしい肢体《したい》である。

下帯の両側に、恥毛は、はみ出していない。慎重に手入れをしているか、もしくは、無毛であろう。

まず、源三郎は、君枝の肩を抱いて上体を起こすと、晒し布を解く。

乳房は、小さめであった。乳頭は梅色をしている。

再び、君枝の軀を横たえると、源三郎は、その脇に位置した。

君枝に接吻する。それでも、君枝は唇を閉じたままであった。

源三郎が舌を差し入れようとすると、ようやく理解したらしく、君枝は唇を開く。

口づけを交わしながら、源三郎は、小さな胸を愛撫していた。たちまち、乳頭が硬く尖る。

平べったい下腹を撫で下ろすと、源三郎の右手は、下帯に達した。

下帯の上から亀裂を撫で上げると、君枝が切なげに呻《うめ》く。

その感触から、やはり、この娘の秘部は無毛だとわかった。

やがて、下帯越しに亀裂が濡れて来た。

源三郎は軀《からだ》の位置を下げて、君枝の股間に顔を近づける。

愛汁《あいじゆう》の沁《し》みができている下帯を、取り去った。

美しい花園であった。桜色の亀裂から、ほんの少しだけ、薄い肉の花弁が顔を出している。

そこに、源三郎は唇をつけた。

「ひァ……ああっ」

か細い悲鳴を上げる、君枝だ。

さらに下肢を押し広げて、源三郎は、処女の花園を舐めしゃぶる。朱色をした可愛らしい後門まで、舐めてやった。

両手で顔を隠した君枝は、「あっ、あっ」と途切れ途切れの叫びを洩らしている。

葛湯《くずゆ》を流したように愛汁まみれになった無毛の花園に、源三郎は、屹立《きつりつ》した男根をあてがった。

貫く。

「――っ！」

君枝は、苦痛の叫びを嚙み殺した。

源三郎は、きつ過ぎるほどの締めつけを感じながら、ゆっくりと抽送を開始する。

やがて、君枝が女悦《にょえつ》の片鱗を感じるようになると、したたかに放つ。

巨根を締めつける花壺の初々《ういうい》しい痙攣《けいれん》は、甘美そのものであった。

「わたくし……本当の女になったのですね」

しばらくしてから、結合したままで、君枝は言った。

「これで、返り討ちになっても諦めがつきます」

「返り討ち？」

源三郎は、その言葉を聞きとがめた。

「はい、わたくしは、父の仇《あだ》討ちをするために江戸へ参るところでございます」

「その仇討ちの相手は、江戸にいるのか」

源三郎は喉の筋肉が強《こわ》ばるのを感じた。

「そのはず。南弦史郎《みなみげんしろう》という遣《つか》い手《て》でございますが」

南弦史郎――それは、御崎源三郎の本名であった。

四

戸田川の渡し賃は一人、八文《もん》。川幅は五十五間《けん》――百メートルほどである。

渡し船の中で、男装の笹山《ささやま》君枝は何も言わずに、じっと自分の膝を見つめていた。

御崎源三郎も、陽光に煌《きら》めく川面《かわも》を見つめている。

南側の渡船場に着くと、源三郎は君枝に手を貸して、船を下りた。

「君枝殿、駕籠《かご》に乗るかね」

「……歩きます」

足首の捻挫《ねんざ》は思ったよりも軽く、膏薬《こうやく》の効き目もあってか、朝になってみると、君枝は何とか歩けるようになっていた。

「そうか。では、行くか」

二人は、街道を歩き出した。源三郎は、歩幅を短くとって、君枝に無理をさせないようにする。

昨夜――浦和宿の旅籠《はたご》で、君枝は十八年間、大事に守り抜いた処女を、源三郎に捧げた。二人は、他人ではなくなったのだ。

ところが、破華《はか》の後の甘い余韻の中で、源三郎こそが、父親の兵右衛門《ひょうえもん》を殺した仇敵《かたき》であるとわかった。

それを知った瞬間、君枝は絶望のあまり、発作的に脇差を抜いて喉を刺そうとしたくらいだ。

源三郎は脇差を奪い取って、「君枝殿が死ぬことはない。私を刺せばよいのだっ」と言った。

「できません、そんなこと……」

君枝は、泣きくずれた。

「わたくしは、もう……源三郎様の妻になったつもりですのに………」

その君枝を宥《なだ》めすかして訊いてみると――今月の初め、浦波藩《うらなみはん》江戸上屋敷の用人《ようにん》・笹山昭之輔《しょうのすけ》が、小川町の旗本の屋敷に招かれた。

その時、旗本の隠居に「これを見てくれ。よい物だろう」と象牙《ぞうげ》の根付《ねつけ》を自慢されたのである。

それは、源三郎が吾妻屋《あづまや》徳右衛門《とくえもん》の依頼で作った竜宮城の根付であった。

笹山昭之輔は、笹山兵右衛門の実兄である。そして、国許《くにもと》で源三郎の父親が作った根付を、幾つも見ていた。

（この根付は、南弦史郎の手によるものに違いない。作風が、父親にそっくりだ）

しかし、どこの根付師かと尋ねても、その隠居は知らなかった。

その根付を納入した小間物屋《こまものや》にも当たってみたが、よそに頼んだものなので、根付師の名前はわからない――と言われてしまった。

（だが、南弦史郎は、この江戸のどこかに隠れ住んでいると決まった）

そう考えた昭之輔は、仇討《あだう》ちの旅に出ている姪《めい》の笹山君枝に連絡をとった。

笹山兵右衛門が殺された時、子供は娘の君枝しかいなかったので、笹山一族の者が三名で仇討ちの旅に出た。

しかし、目指す仇敵の南弦史郎は全く見つからず、四年が過ぎて、その三名は虚《むな》しく浦波領へ戻って来た。

そこで、十七歳の君枝が「わたくしが父の仇を討ちます」と申し出て、それが藩庁に許されたのである。

中間《ちゆうげん》の与吉《よきち》とともに木曾《きそ》街道を探索中だった君枝は、伯父《おじ》の連絡を受けて江戸へ向かった。

ところが、奈良井宿《ならいしゆく》の旅籠で、与吉は、君枝に襲いかかったのである。

江戸の藩邸に行くと機会がなくなるから、今のうちに男と女の関係をつけてしまおう――と与吉は考えたのだ。

君枝は脇差を抜いて、不届きな中間を追い払った。それで、独り旅で中仙道を下ったのである。

ところが、大宮宿の先で謎の五人組に襲われて、君枝は雑木林の中に連れこまれた。

そこを、仇敵である御崎源三郎に助けられたというわけであった。

（迂闊《うかつ》であった……）

源三郎は、歯嚙みした。

吾妻屋に口説かれて、根付作りなど始めなければ、君枝とこんな絶望的な関係になることもなかったのである。

「袈裟《けさ》懸《が》けに斬った上に、倒れた父の背中を一刺しにして抉《えぐ》る――そのような無情な止《と》どめを刺すのは、鬼のような人と思っていましたのに……こんな優しい方だったなんて」

　君枝は、泣きながら言う。

　が、それを聞いて、源三郎は愕然《がくぜん》とした。

「背中に止どめだと？」

「はい……検屍《けんし》されたお役人の話では、袈裟懸けは傷が浅く、止どめさえ刺されなければ命は助かったはず——と」

「待ってくれ。私は止どめなぞ、刺してはいない」

「本当でございますか、源三郎様。では、父の財布を盗んだのも」

「私は財布など盗んではいない。あれは、上意討ちだったのだから」

　二人の話を突き合わせてみると、朧気《おぼろげ》ながら真相らしきものがわかった。

　笹山兵右衛門は、勘定方《かんじょうかた》の上司である栗原左近《さこん》が長年にわたって藩金を横領し、それを高利貸しに貸して、不当な利益を上げていることを知った。

　しかし、それを目付の五十川《いそかわ》頼母《たのも》に訴えようとして、揉み消されてしまった。

　実は、五十川頼母と栗原左近は、横領で共謀していたのだった。

　だから、五十川頼母は、上意討ちと偽《いつわ》って、御崎源三郎——南弦史郎に兵右衛門を斬らせたのである。

そして、その直後に、何者かが兵右衛門に止どめを刺して、財布を奪った。

さらに、五十川は、南弦史郎には辻斬りの汚名を着せて始末しようとしたのである。

これで話の筋は通るが、今となっては、五年半も前の五十川頼母の陰謀を証明する方法はない。

「君枝殿。貴方《あなた》の父上は、何か横領の証拠を持っていたのではないか。だから、財布を奪われたのではないかな」

「証拠でございますか。でも、わたくしは何も預けられておりませぬ」

「そうか……」

源三郎は落胆したが、君枝がはっとして、

「そういえば、亡くなる、二、三日前に、父から護り袋を見せてくれと言われたことがあります。亡き母の手作りの護り袋でしたので」

「君枝殿、それだ。その護り袋は」

「これでございます」

君枝は、首から下げていた護り袋を源三郎に渡した。

それを開いて見ると、中から護り札ではなく、小さく折り畳んだ書き付けが出て来た。

高利貸しの山室屋儀兵衛《やまむろやぎへえ》が、五十川頼母から二千両を借りた——という借用書である。

「これだ。これで、頼母の悪事を証明できるっ」

「でも、五十川頼母は、今は昇進して江戸家老になっております。正面から飛びこんでも、偽物《にせもの》だと言われて揉み消されてしまうのでは」

「それで、わかった。君枝殿を襲った五人は、頼母の手の者に違いない。ご用人様との話で貴方が江戸へ来ると知り、旧悪がばれる怖れがあるので、途中で待ち伏せしていたのだ」

「どうすればよいのでしょう、源三郎様」

「江戸へ行こう。そして、ご用人様に、これを見せて相談するのだ」

こうして——二人は、江戸へ向かっているのだった。

「上手く、頼母の悪事を暴《あば》けるでしょうか」

街道を歩きながら、君枝が心配そうに言う。

「わたくしは、もう死ぬことは怖くありません。ですが、源三郎様の汚名が晴れぬままで死ぬのは、耐えがたいのです」

「やってみるしかない」と源三郎。

「人事を尽くして、天命を待つのだ」

「天命、でございますか……」

さらに不安そうな表情になる、君枝であった。

どこからか椋鳥《むくどり》のさえずりが聞こえた。

五

「珍しいな、笹山殿」

でっぷりと太った五十川頼母は、上機嫌で言う。

「堅物《かたぶつ》として知られる貴公が、こんな粋《いき》な店を知っているとは」

そこは、深川の料理茶屋〈稲葉《いなば》〉の離れ座敷であった。

御崎源三郎と笹山君枝が結ばれてから、半月ほど後の夜だ。

「いえ。わたくしも、人の子ですから。たまには、こういう店で、息抜きをいたします」

六十近い笹山昭之輔は、如才《じょさい》なく酒を勧めながら言った。彼らの供侍《ともざむらい》たちは供待ち部屋に控えているので、この離れにいるのは二人だけだ。

「息抜きか。さては、きれいどころを囲っているな」

「わたくしは不粋者《ぶすいもの》ですから、その方はあまり」

「あまり、か……そういう人間に限って、盛んなものだ。はははっ」

太鼓腹《たいこばら》を撫でまわす、頼母だ。

五十川頼母が上機嫌なのは、今もって笹山君枝が姿を現さないからである。

伯父《おじ》の笹山用人に呼ばれて、君枝が江戸へ向かっていると聞いた頼母は、腹心の五名の藩士たちに命じて街道で待ち伏せさせた。

ところが、通りすがりらしい浪人者に、君枝の抹殺を邪魔されて、藩士たちは追い払われてしまった。

その報告を聞いて激怒した頼母であったが、しかし、翌日には江戸へ着いたはずの君枝が藩邸に訪ねて来なかった。

五日過ぎても、十日過ぎても、君枝は来ない。笹山用人も、首をひねっているという。

半月も音沙汰なしなので、頼母は確信した。

(君枝は、助けたことを恩に着せた浪人者に散々に弄《もてあそ》ばれた挙げ句、女衒《ぜげん》にでも売られたのだろう。それとも、仇討《あだう》ち成就の困難さを思って、その浪人者と駆け落ちでもしたかな。どちらにしても、もう心配はあるまい)

万一、本当に江戸に南弦史郎がいるとしたら、密かに始末すればよいのだ――と頼母は思う。

「普段はあまり付き合いのない我らだが、今夜からは、兄弟同然の交わりをしたいものだな」

「ありがとうございます」

昭之輔は律儀に頭を下げて、

「実は、ご家老。今夜は、どうしても引き合わせたい人物がおりまして」

「ほほう」頼母は好色な表情になって、

「いよいよ、きれいどころを拝ませてもらえるのかのう」

「はい――」

昭之輔は、庭の方を向いて手を打った。

月光に照らされて庭木の後ろから出て来たのは、白い仇討ち装束の笹山君枝であった。

手甲《てっこう》も脚絆《きゃはん》も白で、武者草鞋《わらじ》を履いている。白い袴《はかま》の股立ちをとって、動きやすくしていた。

「五十川頼母、笹山君枝が父兵右衛門の仇敵を討つ。尋常に勝負せよっ」

額《ひたい》に白鉢巻《しろはちまき》を締めた君枝が、よく通る声で言った。大刀《だいとう》を抜き放つ。

「な、何を言うかっ」

狼狽《ろうばい》した頼母に向かって、

「頼母、見苦しい真似はいたすな。これは、藩侯《はんこう》も許された仇討ちじゃ。そなたの昔の横領の証拠は、兵右衛門が君枝の護り袋に隠しておいたわ。殿も、それをご覧になっている。もはや、逃れる道はないぞ」

昭之輔が言い渡した。

御崎源三郎と笹山君枝が結ばれた翌日――二人は江戸に着くと、密かに上屋敷用人の昭之輔を市ヶ谷の料理茶屋に呼び出した。

そして、二人から全ての事情を聞き取り、証拠の山室屋儀兵衛の借用書も見て、笹山用人は、五十川頼母の悪事を確信したのである。

笹山用人は、根津《ねづ》に親しくしている植木屋がいた。

とりあえず、源三郎と君枝をその植木屋に預けて、笹山昭之輔は、用心深く頼母の所業を調べたのである。

待ち伏せして君枝を襲った五人の藩士も、すぐに見当がついたが、知らぬふりをしていた。

源三郎に峰打ちされて骨折をした例の二人が「馬場で落馬して」と嘘の届け出をしたのにも、笹山用人は何も言わなかった。

そして、証拠を固めてから、藩主の戸沢長門守《とざわながとのかみ》に訴え出た。

長門守は「あの頼母が……」と驚き、一時は「余が手討ちにする」とまで激高した。

だが、十八歳の娘が健気《けなげ》にも亡父の仇討ちをしたいと願い出ている――と聞いて、これを許可したのである。

笹山用人は、頼母を誘い出す策を立てた。

そして、全ては秘密裏《り》のうちに進行し、ついに五十川頼母は、まんまとこの離れ座敷まで誘き出されたのであった。

今頃は、供待ち部屋で、頼母の供侍も捕縛《ほばく》されているだろう。上屋敷では、待ち伏せした例の五人も捕まっているはずだ。

「むむ……」

赤鬼のような顔つきになった頼母は、大刀を手にして、足袋跣足《たびはだし》のまま庭へ下りた。抜刀して、

「来い、小娘。返り討ちにしてくれるわ」

「五十川頼母。刃《やいば》を交える前に、一つだけ訊きたいことがある」

正眼に構えた君枝が、落ち着いた声で言う。

「何だっ」

「父に止《と》どめを刺して、財布を奪ったのは、その方《ほう》か」

「馬鹿を申すな。わしがそんなことで、自分の手を汚すものか。あれは、国許《くにもと》で蔵奉行になっている栗原左近がやったのだ」

「やはり、そうであったか……」

君枝の唇に、笑みが浮かぶ。

「――では、私が助太刀《すけだち》をしても異存ないな」

そう言って出て来たのは、御崎源三郎であった。

「あ、おのれは南弦史郎っ」

五十川頼母は驚愕《きょうがく》した。

「その方に誑《たぶら》かされて、斬らなくてもよい相手を斬ってしまった。今、その罪滅ぼしに、君枝殿に助太刀いたすっ」

源三郎は、大刀を引き抜いた。

「ぬぬ……みんな、死ぬがいいっ」

喚《わめ》きながら、頼母は、君枝に斬りかかった。

が、それよりも早く、源三郎が頼母の右腕を肩から斬り飛ばす。

刀を握ったままで、右腕が二間《にけん》先まで吹っ飛んだ。

「君枝殿、今だっ」

「おうっ」

君枝は、渾身《こんしん》の諸手《もろて》突《づ》きを放つ。

太刀先は頼母の太鼓腹を突き抜けて、背中から飛び出した。

「む、う……」

そのまま、五十川頼母の巨体は横倒しになる。

「見事っ」

縁側から、笹山昭之輔が言った。

「よくぞ、父の仇敵を討ったな、君枝。伯父としてわしも嬉しいぞ」

「伯父上……ありがとうございます」

鉢巻と襷《たすき》を外して、君枝は深々と頭を下げた。

「これで、源三郎様の辻斬りの汚名は晴れましたわね。もう、仇敵持ちではありませんわね。南弦史郎として、御家《おいえ》に帰参が叶いますねっ」

嬉しそうに口早に言う、君枝である。

「うむ……それだがな」

笹山用人が難しい顔になると、

「君枝殿。父上に止どめを刺したのは栗原左近で、笹山様が、栗原をしかるべく処分してくださるでしょう。ですが――」

源三郎が静かに言った。

「私が貴方《あなた》の父上に斬りつけたことは、消し去ることのできない事実です」

「でも、それは……」

「二度とお逢いすることもありませんが、お元気で」

君枝と笹山昭之輔に頭を下げて、源三郎は去ろうとする。

「待ちなさいっ」

笹山用人が、厳しい声で言った。

「どうも、若い者は気が早くていかん。年寄りの話は、最後まで聞くものだ」

「しかし……」

「まあ、聞けと申すに」

庭下駄を履いて、笹山用人は、二人に近づいた。

「これから、わしは藩内の大掃除をせねばならん。五十川頼母の悪行を過去何年にも遡《さかのぼ》って調べ上げ、罰すべき者は罰し、許すべき者は許す。それが決着するのには、半年か一年はかかろう。南弦史郎の帰参は、それまで待ってもらわねばならぬ」

「帰参は望みません」

即座に、源三郎は言う。

「そうか。偽《いつわ》りの上意討ちで、武家奉公に嫌気がさしたかな」

「有《あ》り体《てい》に申せば、その通りです。御崎源三郎という浪人のままで、静かに生きてゆきたいと思います」

「ふむ……帰参のことは、そなたの気持ち次第だ。だがな、人間、あまりに一本気で頑《かたく》ななのも考えものだぞ。そなたは、近づいて来る幸福を、自ら拒否しているように見える」

笹山用人は、穏やかな口調で諭《さと》す。

「そなたが、君枝の父親に……わしの実の弟に斬りつけたのは、動かしようのない事実。しかし、一切の事情が判明した今となっては、わしには、そなたに対する憎しみも恨《うら》みも微塵《みじん》もない」

「……………」

「むしろ、そなたほどの腕前の者が、兵右衛門を一撃で死に至らしめなかったのは、心の奥に躊躇《ためら》いがあったからだろう。この人物を斬ってもよいのか――と。その心を、わしは兄として嬉しく思うほどだ」

それを聞いて、

「……………」

源三郎の強《こわ》ばっていた表情が、わずかに動いた。

「まして、君枝は女……他人ではなくなったそなたを、憎めると思うか」

「伯父上……」

君枝は、耳まで真っ赤になって俯いてしまう。

「これも、縁《えにし》というものだ。そなたと君枝は、恩讐《おんしゅう》を越えて添《そ》い遂《と》げる心の力があると、この老人は見た。君枝を少しでも好ましいと思えるのならば、一緒になってみろ」

そう言いながら、笹山用人は、ぽんっと姪《めい》の背中を押す。

「あっ」

君枝の軀《からだ》は、源三郎の胸に飛びこんだ。反射的に、源三郎は、男装娘を受け止めてしまう。

「三年、添ってみろ。それで駄目なら、この伯父が責任をもって、姪を引き取ってやる。どうだ、御崎源三郎」

笑みを浮かべて、半ば命令するように言う笹山用人だ。

深い真心のこもった説得に、源三郎は、己《おの》れの心を囲んでいた石塀《いしべい》が崩れ去るような気がした。

「君枝殿……」

源三郎は、男装娘の瞳を覗きこんだ。

「あの……源三郎様っ」

恥じらいながら、君枝は男の胸に顔を埋《うず》める。

源三郎は、夜空を見上げた。

澄み切った秋の夜空に、十五夜月が美しい。

（千代は、あの夢の中で、君枝のことを告げていたのかもしれない……）

そうすると、小柄な男装娘を愛《いと》しいと思う熱い気持ちが、心の奥底から堰《せき》を切ったように止めどもなく溢れ出て来た。

源三郎は無言で、君枝を抱きしめる。君枝もまた、源三郎に強くしがみついた。

千代の魂が祝福しているかのように、抱き合う二人に、清浄な月の光が惜しげもなく降りそそいでいる。

番外篇　牝《めす》泣《な》き

一

着流し姿の御崎源三郎《みさきげんざぶろう》の四、五間《けん》先を歩いているのは、渡世人だった。色の褪《あ》せた長合羽《ながかっぱ》を引きまわし、左腰に長脇差《ながどす》を差している。着物の裾《すそ》を臀端《しりはし》折《よ》りにして藍色《あいいろ》の川並《なわなみ》を穿《は》き、黒い脚絆《きゃはん》を付けていた。

中仙道《なかせんどう》で最大の難所といわれる碓氷峠《うすいとうげ》、その下り坂である。

碓氷峠は標高九百五十六メートル、峠から東へ二里——八キロほど下ると坂本宿だ。

坂は急で、曲がりくねっている。樹冠が天を覆い秋の陽射しを遮《さえぎ》っているので、昼なお暗い。

四軒の茶屋がある羽根石立場《はねいしたてば》を通り過ぎると、大きな石が街道の左右に幾つも転がっていた。

前を歩いていた渡世人が急に立ち止まって、左の端にしゃがみこんだ。

手拭いを出して、端の方を嚙み引き裂いている。草鞋《わらじ》の紐が切れたので、手拭いで仮のすげ直しをするのだろう。

「……」

道幅は狭く一間くらいなので、源三郎は、渡世人の右側を通り抜けようとする。

突然、渡世人が長脇差を引き抜いた。

片膝突きの姿勢のまま上体をひねりながら、源三郎の胴を横薙《よこな》ぎにしようとする。

「っ！」

源三郎は、素早く右手で大刀《だいとう》を半分ほど抜いた。用心のため、渡世人に近づく前に鯉口《こいぐち》を切っていたのだ。

長脇差と大刀が、金属音を立てて十文字に嚙み合う。

次の瞬間、右手の草叢《くさむら》の蔭から、男が飛び出して来た。

そいつは渡世人と同じような格好で手拭いで頰被《ほおかぶ》りし、長脇差を手にしている。

「うおおっ」

頰被りの男は、吠えながら長脇差を振り上げた。

源三郎は、左足で渡世人の右肩を蹴りつけた。その勢いで右へ向き直りながら、大刀を引き抜く。

「わっ」

首筋を斜めに斬り裂かれそうになった頰被りの男は、仰《の》けぞった。

返す刀で、源三郎は、男の左腕に斬りつける。

「ぎゃっ」

男は臀餅《しりもち》をついた。斬り裂かれた袖《そで》に血が滲む。浅手《あさで》のようだ。

源三郎は、さっと一間半ほど退《さ》がって、大刀を正眼に構えた。立ち上がった二人を、交互に見る。

「何者だ、己《おの》れらっ」

叩きつけるような口調で誰何《すいか》すると、二人は顔を見合わせた。

それから、二人は無言で左手の林の中へ飛びこんだ。獣《けもの》のような速さで、薄暗い林の奥へ逃げ去る。

「ふうむ……」

源三郎は切っ先を下げて、周囲の気配を探った。どうやら、頰被りの男の他に伏兵《ふくへい》はいないようである。

渡世人が草鞋を直すふりをして斬りかかり、頬被りの男が止《と》どめを刺すという手順だったのだろう。

「浦波藩《うらなみはん》や桑名の追っ手ではないようだ……」

そう呟《つぶや》いて、源三郎は吐息を洩らした。

（山賊の類《たぐい》かな。何にせよ、いきなり殺そうとするとは荒っぽい奴らだ）

ゆっくりと大刀を鞘《さや》に納めると、源三郎は再び、峠道を下り始めた。

二

信濃国碓氷郡《ごおり》の坂本宿は、江戸から三十四里ほどの距離にあり、町並は南北に六町ばかり。戸数は百六十軒、人口は七百人以上だ。

御崎源三郎は、左手に八幡宮、右手に阿弥陀堂を見ながら宿場へ入る。

通りの中央に、幅一間《いっけん》ほどの用水路が走り、きれいな水が流れていた。所々に、反対側へ渡るための木の板が置かれている。

次の松井田宿まで、二里と三十五町。陽は西の空にかなり傾いているので、松井田に着く頃には真っ暗になっているだろう。

（今日は、ここに泊まるか）

坂本宿の旅籠《はたご》は四十軒で、半分以上が妓《おんな》を置いた飯盛旅籠《めしもりはたご》である。

源三郎は、まず、妓のいない平旅籠《ひらはたご》をまわったが、どこでも「生憎《あいにく》、部屋が空いておりませんので」と断られた。旅の浪人者を警戒しているのだろう。

仕方なく飯盛旅籠をあたると、三軒目の〈和泉屋《いずみや》〉という旅籠で、「どうぞ」と招き入れられた。

六畳の座敷に通されてから、風呂に入ると、もう外は夜の帳《とばり》に包まれていた。

すぐに、前垂掛《まえたれか》けの女が夕餉《ゆうげ》の膳と飯櫃《めしびつ》を運んで来る。これが飯盛女だ。

「照《てる》といいます。よろしく」

丸顔の二十《はた》歳《ち》くらいの女が、頭を下げる。

それから、おずおずと顔を上げて、源三郎を見た。

白粉《おしろい》はつけていない。美人ではないが素朴な顔立ちで、気立ては良さそうである。

「あの、お客さん。今夜……」

「わかっている。片付けが終わったら来てくれ。だが――」

源三郎は苦笑してみせる。

「実は、私は見かけ倒しで、近頃はあっちの方が役立たずなのだ」

「まあ……」

お照は驚いて、目をまん丸に開いた。

「恥になるから、他の者には話してくれるなよ。ちゃんと金は払うから、今夜は添《そ》い寝《ね》だけで良い」

「は、はい……わかりました。決して誰にも言いません」

大きく頷くと、お照は急に明るくなって、まめまめしく食事の世話をする。

（ふうむ、この妓はもしかして……）

飯盛女を観察しながら、源三郎は、干した川魚と漬物、豆腐の味噌汁という夕餉を終えた。座敷に夜具を敷いてから、お照は膳を持って退《さ》がる。

源三郎は黒の肌襦袢《はだじゆばん》姿になると、行灯《あんどん》の火を有明行灯に移して、行灯を消す。

そして、夜具に横たわった。

（つまらぬ嘘をついたが……その気にはなれんからな）

天井を眺めて、源三郎は胸の中で呟《つぶや》く。

追分宿《おいわけしゆく》の若狭屋の遊女・千代《ちよ》が、源三郎の腕の中で息をひきとってから、まだ十日ほどしかたっていない。彼はその時の感触を、まざまざと覚えている。亡くなった千代は、源三郎にとって心の妻であった。だから、今は忌引《きびき》のようなもので、他の女を抱く気になれないのである。

それなので、最初は飯盛女を置いていない平旅籠に泊まろうとしたのだ。

しかし、飯盛旅籠に泊まった以上は、妓を買わないと厄介な事になる。

それで不能だと嘘をついて、お照に「添い寝だけで良い」と言ったのだった。

それに、源三郎が見たところ――お照は生娘《きむすめ》のようである。

(俺が、初めての客というわけだな……だから、おどおどしていたのだろう)

それから源三郎は、峠の下り坂で襲って来た二人の男のことを思い出す。

(問答無用で旅人を殺すような奴らなら、始末した方が良かったのか。だが……千代の四十九日も済まぬ内に、なるべく殺生《せっしょう》はしたくないな……)

そんなことを考えながら、うつらうつらとしていると、廊下を女の足音が近づいて来た。

板場《いたば》の片付けを終えた、お照である。「失礼します」と声をかけてから、そっと障子を開いて、座敷へ入って来た。

「うむ――」

源三郎は、上掛けの右端を持ち上げてやる。

手早く着物を脱いだお照は、そこへ滑りこんで来た。むっちりと肉づきの良い軀《からだ》を、源三郎に密着させて、

「お客さん。あたし……本当は、ほっとしたんです」

「何のことだな」

「あの、実は……」お照は躊躇《ためら》いながら、言う。

「あたし、今まで三度、お客さんをとったんですけど……上手く行かなくて」

「つまり、最後まで出来なかったということか」

「はい」こくりと頷く、お照だった。

「お客さんも怒るし旦那さんにも叱られて、本当に困ってたんです」

「折檻《せっかん》などされなかったか」

客と寝なかった遊女は、店の主人に折檻される――と千代に聞いたことがある源三郎なのだ。

「うちの旦那さんは穏やかな人なんで……でも、申し訳ないんで、他の女中さんの分まで三人前働いてるんです。あたし、軀の丈夫なのだけが取り得なんで」

「ふうむ……」

源三郎は少し考えてから、

「どうして上手く行かなかったか、自分でわかるかな」

「それが……あたし、男の人とあれをしたことがねえんです。村の娘は大体、夜《よ》這《ば》いで男を識《し》るんだけど……あたし、何となく縁がなくて」

つまり、お照は奥手なのだろう。

「まあ、そういうこともあるだろうな」

相手が話しやすいように、源三郎は同意してやる。

「んで、うちの年貢を払うために、この店で飯盛女として十年間奉公することになったんだけど……大事なとこに、お客さんが乱暴に突っこもうとするんで、痛くて痛くて……」

お照は露骨な言葉で、媾合《こうごう》に失敗した事情を素直に説明をした。

「つい、悲鳴を上げたり、お客さんの軀を押しのけたりしちまって」

「なるほどな。それは無理もないことだ」

「無理もない……そうでしょうか」

お照は、嬉しげな顔になる。

「女が初めて男を受け入れる時は、誰しも苦痛を感じるらしい。ただ、その苦痛の大小はあるだろうが」

源三郎は、千代に聞いたことがある。

遊女が「痛い」と言うと、客は逆上して殴ったり、最悪の場合は首を絞めたりする――と。

男は、少しでも早く結合して快楽を得たいのだから、女がそれを拒むと、かっとなるのだという。

「お前は、自分の大事なところを自分で弄《いじ》ったり、指を入れたりしたことがあるかな」

「いいえ」

お照は首を横に振った。

「風呂で洗う時は指を使うけど、それだけです」

自慰《じい》もしたことがないというのだから、やはり、二十歳の女としては奥手であった。

この時代――女は十代半ばで嫁いで、二十歳前に子を産むことも珍しくなかったのである。

「――お照」

源三郎は、有明行灯に照らされた妓の顔を見つめて、

「お前の口を吸っても良いか」

三

「え……」

お照は顔を真っ赤にして、戸惑った。接吻も、経験がないのだろう。

そして、返事をする代わりに、お照は目を閉じて顎《あご》を上げる。

御崎源三郎は彼女に唇を重ねて、優しく撫でてやった。お照は、自然と唇を開いてしまう。

舌先を相手の口の中に滑りこませて、源三郎は、内側から愛撫をする。

「ん……」

肌襦袢《はだじゅばん》一枚のお照は、小さく呻《うめ》いた。無論、男の愛撫がもたらす心地よさのためである。

源三郎は肌襦袢の上から、お照の胸を柔らかく摑んだ。量感のある豊かな乳房であった。

接吻することも胸乳《むなぢ》を揉まれることにも、お照は拒否感がない。

つまり、男嫌いとか閨事《ねやごと》そのものが嫌いというのではないのだ。

これまで三度、初体験に失敗したのは、男の側の行動が性急過ぎたからであろう。

源三郎は、唇を女の首筋へと這わせて、舌先で舐める。

「んふぅ……」

甘えるような声を発して、お照は身悶《みもだ》えした。

男の手が襟元《えりもと》を開いて、乳房を露出することも拒まない。

梅色をした乳頭が、硬く屹立《きつりつ》していた。

源三郎は、右のそれを口に含む。そして、舌先で撫でまわした。

「あ……あぁっ……それ、気持ちいいです」

目を閉じたお照が、素直に言う。

「よしよし、もっと気持ち良くしてやろう」

源三郎は、お照を〈女〉にしてやるつもりだった。

千代の忌引《きびき》ではあるが、このお照を抱いてるやることが、心の妻への供養になると思ったのである。

千代は女衒《ぜげん》に手籠《てごめ》にされて処女を失い、遊女として客を取らされたが、性交に拒否感があったので苦労したという。

お照も、ここで飯盛女としての十年の年期を務めあげなければ、家へ帰れない。いくら旅籠の亭主が穏やかな人柄とはいえ、客を取れぬお照をいつまでも置いておくことは出来ず、女衒に売ってしまうかも知れぬ。そうしたら、次の店では、お照はひどい苦労をするだろう。

だから今、お照を抱いて、飯盛女として客の相手が出来るようにしてやることが、情けというものであった。

源三郎は、左の乳房を愛撫しながら、お照の肌襦袢の裾前《すそまえ》を開いた。

そして、彼女の両足の間に左足を差し入れ、梃子《てこ》のようにして下肢《かし》を開く。

左手で太腿《ふともも》の内側を撫で上げて、その付根に到達した。

女の部分は、逆三角形の恥毛で覆われている。そして、すでに愛汁《あいじゅう》で濡れていた。

源三郎は、その亀裂を左の中指で撫で上げる。

「ん、んん……それ、いいっ」

お照は、首を左右に振った。生まれて初めて、男の手が秘部に触れたのである。

源三郎は、左手で秘部への愛撫を続けながら、右手で女の腰帯を解いた。

肌襦袢を左右に開いて、お照の豊かな裸身を剝《む》き出しにする。

そして、源三郎は自分も肌襦袢を脱いだ。

お照に覆いかぶさり、正常位の体勢になると、下帯《したおび》も取り去る。

欲望からではなく、好ましい気性のお照に対する情愛から、彼の男根はそそり立っていた。

源三郎は、その巨根の茎部を右手で摑む。

丸々と膨れ上がった先端を、女の内腿に密着させる。そして、撫で上げた。

あまりの大きさに、お照が恐怖感をいだかないように、彼女に男根は見せない。

内腿を撫で上げて、濡れそぼった秘裂に達した。

その秘裂を、男根の先端で繰り返し撫で上げる。さらに豊かな愛汁が、花園から溢れ出した。

「なんか熱いものが……熱いものが、そこを押してる……」

お照は、それが勃起した巨根の先端であることに気づかないようであった。

今までの三人の客の道具とは、まるで寸法が違うからだろう。

「うむ、大丈夫だ。私に任せなさい」

そう言ってから、源三郎は、愛汁を男根の玉冠部《ぎょくかんぶ》にまぶす。

そして、頃合を見て、女の聖地へ突入した。

「あ、あああァァ……っ！」

お照は、仰《の》けぞった。

その時には、源三郎の長大な男根は二十歳の処女膜を引き裂いて、半分以上が女体《にょたい》に没している。

「お照――」

括約筋《かつやくきん》の締めつけを味わいながら、源三郎は優しく言った。

「女になったぞ」

「え……」お照は目を開いた。

「本当ですか、お客さん」

「本当だ。痛い思いをさせて、済まなかったな」

「今までと全然違う……痛いけど、そんなに痛くない」

呟《つぶや》くように、お照は言った。

「しばらくの間、このままで休むから、安心するのだ」

「いえ、大丈夫です」とお照。

「痛くなってもいいから、もっと可愛がってください。あたし、お客さんに喜んでもらいたいんです」

「そうか……では、ゆるゆると動こうか」

源三郎は、腰の動きを再開した。

「う……うん、平気です……痛いけど、気持ちいい」

農作業で鍛えた丈夫な肉体は、すでに女として成熟していたのであろう。破華《はか》の苦痛を物ともせずに、お照は、源三郎の男根の動きがもたらす快感を味わっていた。

肌が汗ばんで、女の匂いが強くなる。

「ああ……こんなに…こんなに良いものだなんて……」

悦楽のあまり、自分から臀《しり》を蠢《うごめ》かしてしまうお照なのだ。

豊かな二つの乳房が、源三郎の腰の動きに連れて、ぷるぷると揺れる。

源三郎は、お照に接吻したり胸乳を吸ったりしながら、緩急自在に律動を続ける。

「お、お客さん……」

お照は、しがみついて来た。

「何だか、あたし……もう……頭が真っ白で……」

「よし、よし」

源三郎は、律動を速めた。お照の快楽曲線が急上昇している、とわかったからだ。

結合部から愛汁が飛び散るほど勢いよく、男根を抜き差しする。

「――――ォォォっ!!」

ついにお照が絶頂に達した瞬間、源三郎も放った。

白濁した大量の熱い聖液を、お照の奥の院に叩きつける。

四肢を突っ張り肉襞《にくひだ》を痙攣《けいれん》させて、お照は意識を失った……。

四

翌朝――夜具から出たお照は、「源三郎様、朝の御膳を持って来ますから」と御崎源三郎に微笑《ほほえ》みかけて、座敷を出ていた。

その目にも口元にも全身の仕草にも、源三郎に対する媚《こ》びが漲《みなぎ》っている。

羽化した蝶のように、お照は一晩で、別人のように艶《つや》っぽくなっていた。

源三郎も身支度を調えると、座敷を出て裏の井戸で顔を洗った。そして、夜具を隅に寄せると、庭を眺めながら朝餉《あさげ》を待つ。

結局——昨夜は、お照の花壺に二度、男根の咥《くわ》え方を指導して口の中に一度、吐精したので、あまり寝ていない。

ただ媾合《こうごう》しただけではなく、自分の道具を教材にして、男のあしらい方を色々と教授したのである。千代に女体《にょたい》の扱い方を教えこまれた行程の、逆を行ったわけだ。

お照は、なかなか戻って来なかった。

(板場《いたば》が混んでいるのかな……)

空腹を覚えながら、源三郎がそんなことを考えていると、男の足音が近づいて来た。

「お客様、お早うございます」

敷居際に両手をついたのは、この旅籠《はたご》の主人の寛兵衛《かんべえ》であった。

五十過ぎと見える目の細い男で、お照の言う通り、温和な顔立ちと物腰である。

「うむ、お早う」

源三郎は鷹揚《おうよう》に頷く。

「お客様──御崎先生は、お急ぎの旅でございますか」

「いや、見ての通りの浪人者だからな……風に吹かれて、これといった当てもなく旅をしているだけだ」

訝《いぶか》りながらも、源三郎は言った。

「左様でございますか……では、御崎先生。もう一晩か二晩、うちにお泊まりいただけませんか。ご相談をしたいことがありますので」

「一晩か二晩……？」

「はい」と寛兵衛。

「昨夜の分も含めて、宿代は一文《いちもん》もいただきません。ご退屈でしょうから、朝餉の後に酒肴《しゅこう》を運ばせましょう。勿論《もちろん》、お照もお付けします」

「しかし……病人でもない限り、旅人が旅籠に何日も居続けすることは禁じられているのではないか」

「そこはそれ、宿役人に話を通せば、どうにでもなります」

「そういうものか」

源三郎は首を傾《かし》げて、

「それで、私に相談とは何のことだね」

「ええ……これから出かけますので、それは、わたくしが戻ってからということで」

言葉を濁して、寛兵衛は頭を下げると、

「では、すぐに朝餉を運ばせますんで」

さっと退出した。ほとんど入れ違いに、前垂を掛けたお照が、朝餉の膳と飯櫃《めしびつ》を運んで来る。

「お待たせして、済みません」

源三郎の前に膳を置くと、

「お腹すいたでしょ。旦那さんに、根掘り葉掘り訊かれてたもんだから」

「何を聞かれたんだ」

「ふ、ふ……」

赤くなったお照は、身を捩《よじ》るようにして、

「夕べは、源三郎様にどんな風に可愛がってもらったのかって……厭《いや》だねえ」

「ふうん……」

源三郎にも、なぜ、寛兵衛がそんなことを訊いたのか、わからなかった。

とにかく、お照の給仕で朝餉を済ませる。

お照は膳と飯櫃を下げて、板場の脇の板の間で自分の朝餉を済ませると、酒肴の膳を持って源三郎の部屋へ戻って来た。肴《さかな》は、山鳥の付け焼きや芋の煮ころがしなどである。

源三郎は、燗酒《かんざけ》の酌をしてもらいながら、

「どうだ、眠くないか」

「少しだけ……」

お照は、蕩《とろ》けるような笑顔を見せる。

「それと、今でも源三郎様のあれが、あたしの中に入ってるみたい」

「では、また今晩、入れてやろう」

源三郎は軽口を叩いた。

「夜まで、お預けなんですか」

少し不満げに、お照は言う。

「昼間から励むのは、どんなものだろうな」

「旦那さんは、源三郎様の言うことは何でも聞くようにって」

「まあ、飲み終わったら少し寝よう」

「じゃあ、あたしも一緒に寝ます」

「そうだな……お前、飲めるか」

「はい、いただきます」

源三郎は、お照に酌をしてやった。

たわいない話をしながら、二本の燗酒を飲み終わると、二人は夜具に横たわる。

すぐに、眠りの中に引きこまれた。


源三郎が目覚めた時には、もはや正午《ひる》を過ぎている。

お照が酒肴の膳を下げて、昼餉の膳を運んできた。

普通の旅人は、夕方から夜に投宿し、朝餉を摂って出立《しゅったつ》するから、昼餉はない。

つまり、この昼餉は、源三郎のために特別に用意されたものであった。

お照と一緒に酒を飲みながら、昼餉を摂《と》る。

そして、また二人で夜具に潜りこんだ。

ぐっすりと寝て、夕方近くに目を覚ます。

「これでは、いくら何でも自堕落《じだらく》すぎるな……」

源三郎は、頭をはっきりさせるために、井戸で顔を洗い直した。

座敷へ戻って、お照の煎れてくれた茶を飲んでいると、寛兵衛がやって来た。

「どうも、お待たせしまして――お照。御崎先生と大事な話があるから」

「はい……」

ちょっと不満そうに、お照は退出した。

「――さて、御崎先生」と寛兵衛。

「少し明《あ》け透《す》けになりますが、この寛兵衛の腹蔵《ふくぞう》のないところを申し上げます」

「うむ、聞こう」

「実は夕べ、またお照が騒ぎを起こさないか心配で……ご無礼ながら、この部屋の前まで参りました」

「そんな気配があったな。私は、後架《こうか》へ行く泊まり客かと思っていたが」

殺気も害意も感じなかったので、源三郎は気にしなかったのである。

「お気づきでございましたか。さすがですな」

初老の寛兵衛は感心して、

「まあ、様子を窺《うかが》いに参ったわけですが……三度も客に抱かれるのを拒んだお照の奴が、牝泣《めすな》きしてるじゃありませんか。いやもう、驚いたのなんの」

「牝泣きとは、何のことだ」

「それはでございますね。この渡世の古い言葉でして、遊女が本気で悦《よ》がることを申しますので――」

遊女を買った客は、女体に挿入して吐精するのが目的である。だが、それだけでは満足できず、遊女が自分のもので貫かれて悦がるのを見て、初めて男としての自尊心が満たされるのだ。相手が石の地蔵のように無反応だったら、虚《むな》しくて後味が悪い。

だから、ほとんどの遊女は、媾合の快楽に溺れているという芝居をする。

しかし、時として、客と気持ちが通じていたり、客が閨事《ねやごと》の巧者であったりすると、遊女は本気で喜悦の声を上げてしまうこともあるのだ。

理性も計算も弾け飛んで、一人の女に戻った遊女が歔欷《きょき》の声をあげることを、昔の廓《くるわ》関係者は〈牝泣き〉と呼んだのである。

「つまり、御崎先生は妓《おんな》の身も心も蕩《とろ》かす術《すべ》を知っている御方《おかた》――とお見受けしました」

「困ったな……私は、そんな大層なものではないよ」

源三郎は苦笑した。

「有《あ》り体《てい》にいえば、私は自前女郎《じまえじょろう》と一年ほど暮らしたことがある。それで、まあ……男と女のことに少しだけ詳しくなっただけだ」

「そのお相手は……」

「――」

源三郎は寛兵衛を見つめ、それから庭の方へ視線を移した。夕闇が、静かに庭に流れこんでいる。

「もう墓の下だ――その話は、やめよう」

「それは、ご愁傷様でございます」

寛兵衛は頭を深く下げた。

「で……わたくしがお願いしたいのは、御崎様に他の妓も牝泣きさせていただきたいので」

「他の妓……？」

源三郎は眉《まゆ》をひそめる。

「この坂本の宿場には九十人ほどの飯盛女がおります。若いのもいれば、二十七、八の年増《としま》もおりますが、みんながみんな、客あしらいが上手いわけではございません」

つまり、遊女というのは、ある程度は性交の快楽を知った上で、それを自分で制御しなければ軀《からだ》が持たないし、客も満足させられない。

悦がる芝居にしても、快楽を知っている者と知らない者では、明確な差が出て来る。

「ですが、御崎先生に抱いていただけば、そういう妓たちも牝泣きを知って芝居が上達するというわけで。そうすれば、軀に無理をかけずに早めに吐精させて、客を満足させることが出来ます」

「……」

「このことは、他の飯盛旅籠の主人たちとも相談して、賛同を得ました。宿役人の許しも得てあります。謝礼の方も、ご納得のいく金高《かねだか》にさせていただきます」

「…………」

「とりあえず、手始めに今夜、二人の妓を抱いていただきたいのですが――如何《いかが》でしょうか」

寛兵衛は首を伸ばして、源三郎の顔を覗きこむ。

「それはしかし……」

源三郎は迷っていた。

千代から聞いたのだが――江戸の吉原遊廓には、〈女転師《おんなころがし》〉という稼業があるという。

全国から女衒《ぜげん》によって集められた美女たちに、閨業を教えこむ玄人《くろうと》のことだ。

寛兵衛の相談というのは、つまり、御崎源三郎に「坂本宿で女転師になってくれ」というものである。一廉《ひとかど》の侍なら、「わしに忘八《ぼうはち》になれと言うのか、無礼者っ」と叫んで斬り捨てるところだ。

忘八というのは、人として大事にすべき「仁・義・礼・智・忠・信・孝・悌《てい》」の八徳を忘れた者――廓の関係者を指す。

しかし、源三郎は、そんなことは気にしていない。そもそも、遊女屋の離れで自前女郎と夫婦同然の暮らしをしていたのだから、ほとんど忘八者同然なのである。

迷っているのは――源三郎としては、お照が気立ての良い妓だったから助けてやりたいと思っただけなのだ。他の妓の面倒まで見るつもりは、全くないのである。

千代から伝授された閨業を、稼業にして良いものかどうか……。

だが、言下に断らなかったのは、自分が牝泣きさせることで、妓たちが客をとる苦労が少しでも楽になるのなら、それは広い意味で功徳《くどく》ではないか――とも思えるからだ。

さらに、「お照は、俺が他の妓を抱くことをどう思うだろう」という懸念もある。

「――わかった」

源三郎は決断した。

「とにかく、その二人の妓は引き受けよう。ただし、お照も一緒だ」

「一緒と申しますと……」

「三人まとめて、相手にするということさ」

苦笑しながら源三郎は言う。

「今後のことは、それが済んでからだ」

五

「さあ、二人とも。これから、源三郎様の立派なお道具を咥《くわ》えさせていただくんだよ」

その日の夜更け――お照は、正座しているお久《ひさ》とお葉《よう》という飯盛女に言った。

笹屋《ささや》のお久は十九、三国《みくに》屋のお葉は十八だという。二人とも客をとって半年くらいだから生娘《きむすめ》ではないが、まだ女の歓びを知らない。

それで、御崎源三郎に抱かれるために、この和泉屋へやって来たのだった。

座敷の真ん中に立った源三郎は、下帯《したおび》一本の半裸で逞《たくま》しい肉体を見せている。

三人の妓《おんな》たちは、肌襦袢《はだじゅばん》姿であった。

源三郎に抱かれた先輩ということで、この鍛錬の補助役を務めることで、お照は二人に嫉妬せずに済んだようである。

「まず、あたしがお手本を見せるからね」

お照は、源三郎の前に跪《ひざまず》くと、下帯を取り去った。だらりと垂れ下がった肉根と玉袋が、剝《む》き出しになる。

「まあ、巨《おお》きい」

「あれで、まだ柔らかいままなんて……凄い」

お久とお葉は、驚いていた。

「こうやって、両手で捧げ持つようにして――」

お照は、肉根の先端を咥えこみ、舌を使う。

昨夜、初めて習ったのに、かなり上手に口唇奉仕をしてみせた。見ているお久とお葉は、何だか軀《からだ》が熱くなってきて、

「お照姐《ねえ》さん、そろそろ代わって」

「そうよ。あたしたちは、御崎先生に抱いていただくために来たんだから」

「わかった、わかったわよ」

お照は惜しそうに、口を外した。お久が代わって、男根の先端を咥える。お葉は脇から、根元を舐めまわした。そして、お照は反対側から玉袋に舌を這わせる。

たちまち、源三郎のものは猛々《たけだけ》しい威容を見せた。反《そ》りかえって、天を突くような見事な勢いである。

「並の男の二倍もあるわ……」

「本物の雁高《かりだか》で、怖いくらい……」

三人の女たちは欲望に目を潤ませて、源三郎の巨根に唇と舌と指で奉仕した。

「では、三人とも、そこに並んで四《よつ》ん這《ば》いになってくれ」

源三郎は言った。

「は、はい……」

お照が真ん中、その右にお久、左にお葉という位置で、三人は並んで犬這いになった。

「裾《すそ》をまくって、臀《しり》を出すのだ」

「こうですか」

三人は肌襦袢の裾を捲《まく》り上げて、臀の双丘を露出した。臀の割れ目の下方にある女の花園は、口唇奉仕の時から濡れている。

源三郎は、お照の背後に片膝をつく。そして、唾液で濡れている巨根を彼女の花園に突き立てた。

「あ……あァっ」

背中を反らせて、お照が喜悦の悲鳴を上げる。源三郎は、そのお照をたっぷりと悦《よ》がらせてから、右側のお久を貫いた。

「お、巨きい……巨きすぎる……」

力強く突きまくられて、お久も快楽のあまり半狂乱になってしまう。それから、源三郎は、左側のお葉の秘部を貫いた。

「ひィ、ひィ……」

あまりの質量に、十八のお葉は口の端から唾液を垂らして哭《な》く。牝泣《めすな》きである。

その時、

「ド三一《サンピン》、出て来やがれっ」

とんでもない蛮声《ばんせい》が、夜の宿場に響き渡った。

「松井田より先は調べたから、ここに隠れていることはわかってるんだ。大人しく出て来ないと、宿場の奴らを皆殺しにするぞっ」

「何だ、あれは」

源三郎は、お葉の肉壺から男根を抜いて、桜紙で拭う。そして、出窓へ行って、少しだけ障子を開いた。

月光に照らされて、通りに三人の男が立っている。そのうちの二人は、碓氷峠の下り坂で源三郎を襲った奴らであった。もう一人は、その二人より頭ひとつ大きい巨漢である。

「あれは……銀太《ぎんた》、銀次《ぎんじ》、銀三《ぎんぞう》の鬼銀《おにぎん》三兄弟です」

源三郎の脇から外を見て、お久が言った。

「どういう奴らだ」

「碓氷峠の近くの宿場や村で、強盗や拐《かどわ》かしや人殺しを繰り返している凶暴な男たちなの。旅人も襲ってます。代官所のお役人ですら怖がって見て見ぬふりをしているという、暴れ者ですよ」

「そんな非道な奴らなのか」

源三郎は、すぐに身支度をした。

「三人とも、外へ出るなよ。お照――達者でな」

「源三郎様っ」

お照の悲痛な声を背中に聞いて、源三郎は、和泉屋から通りへ出た。三間《さんけん》の距離で、鬼銀三兄弟と対峙する。

「おい。お前たちが探しているのは、私だろう」

「出やがったな、三一野郎っ」

渡世人が叫んだ。こいつが銀次である。

「大兄《おおあに》ィ、あいつが俺の腕を傷つけやがったんだっ」

頰被《ほおかぶ》りの男が喚《わめ》く。こいつが銀三だ。

「わかった」猟師のような格好の銀太が頷く。

「弟の銀次と銀三に刃向かったてめえは、この銀太様が断ち割ってやるぜっ」

「逆恨みは迷惑だな」

源三郎は、大刀《だいとう》を抜き放った。偶然とはいえ、この生ける災厄を坂本宿に呼びこんだのは自分なのだから、責任はとらねばならない。

「抜きやがった」

左腕に晒し布を巻いた銀三は、右手で長脇差を抜いた。銀次も長脇差を構える。

「ふふふ、死ぬ覚悟が出来たか」

背中から下《おろ》した銀太の得物《えもの》は、何と鉞《まさかり》であった。これを大刀で受け止めたら、刀身が折られてしまうだろう。

「くたばれっ」

「死ねっ」

喚きながら、銀三と銀次が斬りかかって来た。

源三郎も突進して、大刀を振りながら二人の間を通り抜ける。

「わっ」

「げえっ」

血煙《ちけむり》を上げて、二人は倒れた。

「やりやがったなっ」

銀太は吠えた。肉厚の鉞を振り上げて、源三郎の頭部へ振り下ろす。まともにくらったら、頭頂部から股間まで断ち割られるだろう。

源三郎は、左へ跳んだ。用水路を跳び越えて、反対側へ着地する。

「逃げるなっ」

巨漢の銀太は、渡り板を駆け抜けようとした。その瞬間、源三郎は再び、跳躍する。

銀太の右側を跳び抜けながら、大刀を振るった。鉞の柄《つか》を握った銀太の右腕が、宙に飛ぶ。

源三郎が、跳び抜けながら切断したのだ。

「うおおお〜〜〜ォォっ」

右腕の切断面から鮮血を迸《ほとばし》らせながら、銀太は、用水路に落ちた。だが、振り向きながら、腰の山刀《やまがたな》を左手で抜く。

その頭に、源三郎は大刀を振り下ろした。

「がっ」

銀太は、頭の天辺から胸元まで縦一文字に断ち割られた。そのまま、仰向《あおむ》けに倒れる。

「………」

大きく息をついた源三郎は、血振《ちぶり》して納刀する。銀太の右腕は、二間ほど先に落ちていた。

「御崎先生っ」

和泉屋の寛兵衛が、駆け寄って来た。顔色が蒼白になっている。

「寛兵衛……後の始末は任せたぞ」

そう言って、源三郎は東へ歩き出した。背後からお照の呼ぶ悲痛な声が聞こえたが、振り向かない。

その先に運命の出逢いがあることも知らずに、月光を浴びて、御崎源三郎は夜の街道を独《ひと》り歩いて行く。

あとがき

この作品のサブタイトルにある〈姫割《ひめわ》り〉という言葉は、私の造語です。破華《はか》――つまり、処女喪失のことですね。

二十年以上前に、「別冊週刊漫画ＴＩＭＥＳ」に連載した漫画『大江戸艶色伝／姫割り大五郎』で、初めて使用しました。作画は、私と何度もコンビを組んでいる時代物のベテラン、伊賀和洋《かずひろ》さんです。

そして、姫割りという造語は、昭和の劇画雑誌「トップコミック」に連載された『玉割《たまわ》り人《にん》ゆき』（原作・三木孝祐／画・松森正）からの影響で生まれました。この作品は、潤《じゅん》ますみの主演で東映で映画化され、今はＤＶＤで見ることが出来ます。

そして、本作品『乱愛指南／姫割り役・美女絵巻』は、学研Ｍ文庫で書下ろしたものに加筆修正をして、前日譚である書下ろし番外篇『牝泣《めすな》き』を収録したものです。

本作品はチャンバラも充実していますが、濡れ場もこれまでより濃厚になっている——つもりです（笑）。楽しんでいただければ、幸いです。

さて、次回は五月に『若殿はつらいよ／乙女《おとめ》呪文《じゅもん》（仮題）』が刊行される予定ですので、よろしくお願いします。

二〇二三年二月

鳴海　丈

参考資料

『婚姻の民俗学』大間知篤三（岩崎美術社）
『非常民の民族文化』赤松啓介（筑摩書房）
『夜這いの性愛論』赤松啓介（明石書籍）
『遊女と天皇』大和岩雄（白水社）
『飯盛女』五十嵐富夫（新人物往来社）
『川越舟運』斎藤貞夫（さきたま出版会）
『川越の城下町』岡村一郎（川越地方史研究会）
『薬草と毒草』梅原寛重（博品社）
『毒草の誘惑』植松黎（講談社）
『今昔中山道独案内』今井金吾（日本交通公社出版事業局）
その他

コスミック・時代文庫

乱《らん》愛《あい》指《し》南《なん》
姫割り役・美女絵巻

2023年3月25日　初版発行

【著 者】
鳴《なる》海《み》　丈《たけし》

【発行者】
相澤　晃

【発 行】
株式会社コスミック出版
〒154-0002 東京都世田谷区下馬 6-15-4
代表　TEL.03(5432)7081
営業　TEL.03(5432)7084
　　　FAX.03(5432)7088
編集　TEL.03(5432)7086
　　　FAX.03(5432)7090

【ホームページ】
http://www.cosmicpub.com/

【振替口座】
00110-8-611382

【印刷／製本】
中央精版印刷株式会社

ISBN978-4-7747-6458-0 C0193

乱愛指南

姫割り役・美女絵巻

◆

鳴海　丈

コスミック・時代文庫